集英社オレンジ文庫

鍵屋の隣の和菓子屋さん

つつじ和菓子本舗のつれづれ

梨　沙

本書は書き下ろしです。

目次

【登場人物紹介】

蘇芳祐雨子《すおうゆうこ》

『つつじ和菓子本舗』の看板娘。幼なじみの嘉文を密かに想っていた。多喜次からのプロポーズの返事を保留中。

淀川多喜次《よどがわたきじ》

『つつじ和菓子本舗』の二階に住み込み、和菓子職人の修業中。兄・嘉文の幼なじみである祐雨子に片想いをしている。

淀川嘉文《よどがわよしふみ》

『つつじ和菓子本舗』の隣で鍵屋を営む青年。祐雨子の幼なじみでこずえの婚約者。

遠野《とおの》こずえ

かつて家出した際、嘉文に拾われ、彼の助手となった。高校卒業後は彼と婚約し、一緒に暮らしている。

雪《ゆき》

鍵屋の看板猫。真っ白でふわふわ。金庫に閉じ込められていたのをこずえが助けた。

イラスト／ねぎしきょうこ

序章

鍵屋の隣は、和菓子屋さん。

花城《はなしろ》駅から徒歩十分、通行量の多い通りにその店はあった。

創業明治四十五年、すでに開業から百年をかぞえる老舗《しにせ》で、外観はどっしりと古めかしく味があり、出迎える招き猫の置物の貫禄も十分な和菓子屋である。

けれど最近は、和菓子屋よりも隣にある店のほうが賑《にぎ》やかだ。この二軒、双子姉妹のために建てられた店であり外観は鏡に映したように左右対称で、当時はどちらもそろって和菓子屋を営んでいた。やがて、一方は店をたたみ鍵師《かぎし》の夫婦が住み込むようになった。今ではこちらのほうが有名で、代々のれんを守ってきた和菓子屋はかすみつつある。

最近言われるのは、「鍵屋の隣の和菓子屋さん」である。和菓子を買いに来る客ですら、「和菓子屋に和菓子を買いに行こう」ではなく「鍵屋にお茶をしに行こう」となる。

「ゆゆしき事態だよ、祐雨子《ゆうこ》さん！」

力いっぱい主張するのは、野球部を引退してから髪を伸ばしはじめた、ちょっぴり吊《つ》り目の少年淀川多喜次《よどがわたきじ》、十八歳。『つつじ和菓子本舗』でバイトをするようになって数カ月、制服である白衣と和帽子はまだ早いと店主に言われ、高校を卒業するなり店の二階に住み込んで、自前の白シャツに紺色の腰下エプロンで修業に励む未来の和菓子職人だ。

「ゆゆしいですか？」

古風な言葉を使うんだなあとのんびり感心しているのは、『つつじ和菓子本舗』の看板娘である蘇芳《すおう》祐雨子だ。祐雨子は白衣ではなく市松模様の小振袖《こふりそで》に紫紺《しこん》の袴《はかま》、レースも愛らしいエプロン、それらに編み上げブーツを合わせるという和風モダンな服装だ。和菓子屋で働くなら和装。でも足下は歩きやすく、エプロンはかわいく、と、祐雨子自身が注文をつけた結果である。ちょっとずれてしまったメガネを押し上げつつ、ふんわりと髪を揺らしながら小首をかしげる祐雨子に、

「だって、うちのほうが古いのに！　っていうか、客は和菓子屋《こっち》で和菓子買って鍵屋《あっち》で食べるんだろ。だったらこっちがメインじゃないか！」

手にした雑巾《ぞうきん》をぎゅっと握り、多喜次は力説する。

「お客様だ、お、きゃ、く、さ、ま！　店内は敬語だ！　口じゃなくて手ぇ動かせ！」

ぬっと多喜次の背後に立った店主——蘇芳祐《たすく》が、太い声とともに太い腕で多喜次の後頭部を軽くはたく。人には敬語を使えと言いつつも、敬語と一番縁遠いのは祐だったりする。が、それに気づくことなく多喜次はショーケースを拭き上げた。曇り一つないガラスの奥には、できたばかりの鮮やかな生菓子がある。季節は緑輝く五月——端午《たんご》の節句になぞらえて、漆《うるし》塗りのトレイには笹《ささ》の香りも豊かなちまき、餅の弾力とかしわの葉の風味も爽《さわ》やかな柏餅《かしわもち》、淡い紫のそぼろあんに包まれた『藤霞《ふじかすみ》』、薄紫の花びらも愛らしい『かきつばた』、ゆずこしあんでさっぱりとした後味の『立夏《りっか》』と、行儀よく並べられていく。

和菓子は季節を見目鮮やかに切り取る。花もあれば生き物もあり、風の柔らかさや水のせせらぎまでもを表現する。

それがついでのように扱われるのが、どうやら彼には納得がいかないらしい。

「──うち」

窓ガラスを拭きながら耳に残った言葉を口腔《こうこう》で転がすと、多喜次がものすごい勢いで振り返った。頬《ほお》が赤い。そう思ったら見る間に顔全体が赤くなり、耳まで鬼灯《ほおずき》色に染まった。

「ふ、深い意味はない、ですから！　ほら、外と内とか、そういうニュアンスですから！」

「は、はい」

多喜次の剣幕に祐雨子も押され気味にうなずく。

「おいお前ら、開店五分前だぞ？」

新作和菓子を手にした祐が、ドスのきいた声ですごむ。祐雨子と多喜次は同時にびくんと肩を揺らし、慌てて開店の準備を再開した。

『つつじ和菓子本舗』

なんの変哲もない、どんな町にでもひっそりと溶け込むであろう小さな和菓子屋さん。

開店をしらせる紺ののれんが軒先にかかる。

第一章

恋破れ

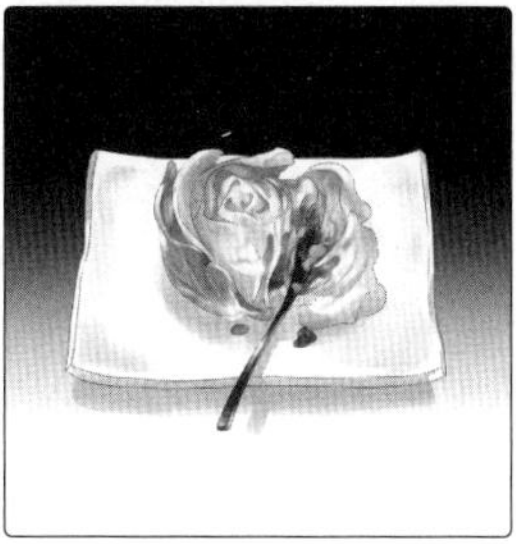

1

春の和菓子屋は華やかである。

咲き乱れる桜が和菓子を美しくいろどるからだ。

しっとり上品な塩味で仕上げた桜の葉で淡紅色《たんこう》の餅を包んだ桜餅はあでやかで、花見団子はかわいらしく定番中の定番だ。さらに、暮れゆく空と舞う桜を表現した『宵花《よいばな》』、ほんのり塩味の効いた赤飯《せきはん》に甘い皮をかぶせ塩漬けした桜で飾った『桜の赤飯まんじゅう』、目を惹《ひ》く緑に金粉を散らした『菜の花』と、店の至る所に可憐《かれん》な花が咲き乱れる。

それが四月。

「……なんか、五月って地味」

十時五十分、お茶菓子を買い求める来客が一段落したあと、竹の取り箸《ばし》でショーケースの和菓子を補充しながら多喜次《たきじ》がうなっていた。

五月に入ったとたん、緑色の和菓子が多くなる。否《いな》、桜花《おうか》を愛《め》でる四月が他のどの月よりも飛び抜けて華やかなせいで、続く五月が地味に見えてしまうのだ。とくに端午《たんご》の節句に合わせた菓子はちまきと柏餅《かしわもち》を中心に作るためによけいに顕著《けんちょ》だ。

「……俺の仕事も地味……」

続いて聞こえてきたのは溜息《ためいき》。

「地味、ですか？」

端午の節句に合わせて飾られたミニ鎧《よろい》飾りを直しながら祐雨子《ゆうこ》が尋ねると、多喜次ははっと顔を上げた。

「いや、えっと……地味な仕事も修業だってわかってます！　俺、地味なの嫌いじゃないし、部活では補欠だったし！」

「でも和菓子、作ってみたいですよねえ」

祐雨子の一言に多喜次は項垂《うなだ》れた。

本格的な修業に入って一カ月以上たったが、多喜次はそれより前に店に手伝いに来ていた。が、掃除、道具の手入れ、豆の選別が主な仕事で、たまに赤飯作りの補佐を頼まれる程度。それ以外は接客を頼まれたり買い出しに行かされたりと、職人としての修業はまださせてもらえず、下積み生活の真っ最中だった。

「毎日小豆《あずき》をよりわけて、俺、小豆に溺《おぼ》れる夢見ちゃって」

お店の小豆は代々同じ農家から直接仕入れている。先方でも選別はされているのだが、高齢なせいか、欠けや虫食い、黒ずんだ豆などが入っているため、使う前日にはきれいに選別し、水にひたしておく必要がある。それはもっぱら多喜次の仕事だった。

「これじゃ小豆洗いじゃないですか」

「小豆洗い？　妖怪の？」

「あれきっと下働きのおっさんだよ。あんな歳《とし》になっても小豆しか洗わせてもらえないなんて辛かっただろうなあ」

自分と妖怪の境遇を重ねたのか、多喜次が小豆洗いにまで同情しはじめた。言葉がすっかり素に戻っているが、指先には集中しているようで、取り箸で和菓子を丁寧に並べている。そんな多喜次を微笑《ほほえ》ましく見守っていると、ぴたりと彼の動きが止まった。

奇妙な間。

多喜次が思いつめているように見えて祐雨子は小首をかしげる。

「――祐雨子さん」

名前を呼ぶ声の硬さ。それが、卒業シーズンに起きた事件を思い起こさせた。

春も浅い、桜のつぼみも固かったあの頃、高校の卒業証書を手に多喜次が店を訪れ、告白を飛び越えてプロポーズしてきた。祐雨子にとって淀川《よどがわ》多喜次は弟のようなもので――実際の弟以上にかわいく思うことはあるけれど――恋愛対象として見てはいなかった。なにより八歳も年下の男の子を、異性として見ることに抵抗があった。

だからとっさに彼のプロポーズへの返事を「保留」にしてしまった。

その返答は、まだしていない。

多喜次は今、店の二階に住んでいる。だから定休日以外は毎日顔を合わせている。そんな状況で、返事をしない祐雨子に対し不満を抱いても不思議はない。

けれど、答えを出さなければと思うほど、彼の存在をどうとらえていいのかわからなくなってしまう。好きか嫌いかの二択なら答えは簡単に出ていた。だがそれ以上に踏み込んだ話題になると、祐雨子はとたんに身構えてしまうのだ。祐雨子にはずっと好きな人がいた。けれど恋愛という意味での進展は求めず、友人としてそばにいる道を選んだ。それでいいと受け入れていた。そんな彼女だったから、自分が誰かの恋人になって、結婚して、家族を持つということが、あまりピンとこなかった。好意を寄せてくれる異性が過去に何人かいたにもかかわらず、だから彼女はずっと一人で居続けた。

人としてなにかが欠落しているのかもしれない。

同い年の友人たちは、恋人がいるのが当たり前だった。結婚し、子どもがいる友人もいる。もちろんフリーの友だちだって少なくないが、彼女たちの誰と比べても、自分ほど変化の少ない生活をしている人間は稀《まれ》だろう。

変わったほうがいいのだろうか。このままではいけないのではないか——。

「祐雨子さん、あのさ」

再び聞こえてきた多喜次の声に、祐雨子ははっと顔を上げる。

逃げ出したい。

衝動的にそう思った直後、ベルの音とともに引き戸が開いた。

「い、いらっしゃいませ」

安堵《あんど》とともに祐雨子が声をかけると、多喜次がすっと立ち上がり、客を出迎える。白い髪を後ろでお団子にまとめ、藤色の着物に白い帯をしめ、手編みとおぼしき深紫色のカーディガンを羽織っている高齢の女性だ。巾着《きんちゃく》の鮮やかな赤が目を惹いた。

彼女は不思議そうな顔で空を見上げ、二対の視線に気づいたのか店内へ顔を向ける。

その顔が少し緊張していた。

祐雨子にとっては意外な話なのだが、外観が格式ばっている、店内がよく見えない、客が少ないから入りづらい、少量だけは買いづらい等々、さまざまな理由が挙げられ、一般的に和菓子屋というのは入りづらいものらしい。

だからきっと、この老齢の婦人も入店するのに勇気が必要だったに違いない。まとわりつきたいのをぐっと堪え、祐雨子はショーケースの奥に引っ込んで菓子の補充を手伝いつつ彼女の動きをそっと目で追った。

彼女はしばらく柏餅を見つめ、ふっと息をつくなりちまきへ視線を移した。

「あの、ちまきを六ついただけます？　それから、この、お花の形の……」

「『大輪』ですね。これは、薔薇《ばら》の花をかたどっていて、中はこしあんになっていて……」

慌てて接客をはじめる多喜次は、腰下エプロンのポケットを緊張気味にぎゅっと押さえている。婦人が迷うようなそぶりを見せると彼はますます慌てた。

「こ、こしあんは甘さひかえめです。あ、羊羹《ようかん》で作った葉っぱはレモン風味でさっぱりしてて、アクセントになっててておすすめです！」

まんじゅうやあられ、カステラなどの通年和菓子はもちろんのこと、ちまきや柏餅、桜餅、栗《くり》きんとんのように季節感を取り入れつつ入れ替わる定番和菓子、さらには店の顔となる和菓子を置く店も多い。それ以外にも、『つつじ和菓子本舗』のように新作和菓子を定期的に店頭に並べる和菓子屋もある。ゆえに入れ替わりの時期は、十種類にもおよぶ和菓子を覚えるのだ。赤から白のグラデーションも美しい新作和菓子の説明を終えた多喜次は、天使のはしごにでも出会ったかのような顔で恍惚《こうこつ》としている。

「そうね……だったら、『大輪』を四つ、あと、お赤飯をお願いします」

「かしこまりました！」

多喜次の顔がぱっと輝く。駆け引きができなければ商売の上でマイナスに働くことも多いが、多喜次のこうした素直な反応は好ましく思う。

「お赤飯、ご用意しますね」

「お願いします」

祐雨子が声をかけると多喜次が嬉《うれ》しそうにうなずいた。鼻歌でも歌い出しかねないほど上機嫌な彼は、手早く紙箱を組み、丁寧に一つずつ和菓子を詰めていく。お客様に確認をとり、フィルムをのせて銀のゴムでとめ、賞味期限のスタンプされたシールを貼る。接客はいまだぎくしゃくすることもある多喜次だが、箱詰めは祐雨子より手際がいいくらいだ。

お赤飯と和菓子を店の名前が入った紙袋に別々に入れ、支払いをすませた婦人に渡す。

立ち去ろうとする彼女に、祐雨子はショーケースの陰《かげ》にひっそりと置かれたバケツから束を二つ抜き取って「あの」と声をかけた。

「こちら、菖蒲《しょうぶ》と蓮《はす》です。よろしければどうぞ」

端午の節句に合わせ駅前の花屋に取り寄せを頼んだらちょっと量を間違えてしまい、予想外に入荷してしまったのだ。断るのも申し訳なかったので引き取ったのが役に立ちそうだ。祐雨子が緑の花束を差し出すと、婦人はきょとんとした。

「初節句ですよね？　お孫さんの」

「え……ええ。でも、ひ孫なのよ。よくわかったわねえ」

驚きながらも婦人は目尻を下げ、菖蒲と蓮の花束を受け取った。入店前の緊張はすっかり取れ、彼女はにこやかに店をあとにした。

「なんで初節句ってわかったんですか？」

お客様を見送った祐雨子に、多喜次は不思議そうな顔をした。

「入店のとき、外を気にしていらっしゃったから」

「……外」

「正確には、軒です。店の軒に葉っぱを飾りましたよね？」

五月に入ってすぐ多喜次と祐《たすく》が二人がかりで軒に固定した菖蒲。祐雨子の言葉に多喜次がうなずいた。

「端午の節句は菖蒲の節句とも言います。〝しょうぶ〟の言葉の響き通り験《げん》をかつぐとともに厄除《やくよ》けとして昔から菖蒲が軒に飾られていたんです。それを熱心にごらんになっていて、柏餅を気にされながらもちまきをお選びになったので」

ん？　と、多喜次が首をひねる。

「昔から、ちまきは初節句のときに食べられていたんです」

「好みは柏餅だけどひ孫の初節句のためにちまきを買ったってこと？　じゃあ、ちまきって初節句用に置いてるの？」

二人きりだと多喜次の言葉遣いが以前のように親しげなものに戻る。祐は注意をするが、来客がない場合は好意的に受け取って、祐雨子はいつも聞き流すことにしている。

「限定しているわけじゃないんです。どちらか片方を店頭に置くと、必ずないほうを買い求めるお客様がいるので、両方置くようになったんです」

関東では柏餅、関西ではちまきが主流というが、人の移動が激しい昨今、どちらもスーパーなどの店頭に並ぶようになった。だから、買おうと思えば近所で買うこともできるだろう。だが、わざわざ和菓子屋に足を運んでくださったのだからと、今では様子を見つつどちらも準備している。

「ふーん。でもさ、家族の誰かがちまき好きって可能性だってあるじゃないか」

「そうですね。だけど、お着物を召したご年配の方で菖蒲を気にされていました。そして、厄除けの赤飯をお求めになりました。と、いうことは！」

「うん？」

「初節句にはちまき、二年目からは〝新しい芽が出るまで古い葉を落とさない〟ため転じて〝家督《かとく》が絶えない〟縁起物とされる柏餅をお求めになるのでは、と思った次第です！」

続けた言葉に熱がこもる。多喜次はぐっと顎《あご》を引いた。

「お、おう」

「きっと来年は柏餅を買い求めに来てくださいますね！」

「お、おう。っていうか、初節句なら祝ってもらう本人は食べられないんじゃ……」

「縁起物ですから！」

祐雨子は握り拳《こぶし》で力説した。

「菖蒲はお風呂に入れて禊《みそぎ》にも使えるんです。軒で鬼を退《しりぞ》け、湯船で体を清める菖蒲はまさに万能なのです。きっと今晩は、ひ孫さんもご機嫌ですね」

おばあちゃんとひ孫が湯船につかる姿を想像すると、それだけでホクホクしてしまう。な、なるほど、と、うなずきながら、多喜次が腰下エプロンのポケットからペンとメモ帳を取り出して書き取っていく。

「こうして見るとただの葉っぱなのに……お前、すごいやつなんだな」

ペンで菖蒲をつついて多喜次は感心している。

また沈黙が訪れそうな予感に、祐雨子はちょっと逃げ腰になりながら口を開いた。

「多喜次くん、お隣に行ってきていいですか？」

「ん？　和菓子持ってくの？」

お茶券を販売する日は、お隣、『鍵屋甘味処《かぎやかんみどころ》　改《あらため》』に和菓子を届けることになっている。

多喜次も心得たようにうなずいた。

店内に休憩所を設ける和菓子屋は少なくない。確保できる広さにもよるが、長椅子《いす》が置かれただけだったり、お茶の自販機が設置されていたり、野点傘《のだてがさ》で洒落《しゃれ》てみたり、あるいは室内に坪庭を配置しお客様の目を楽しませたりとさまざまだが、訪れた人たちに飲食の場を提供するのが目的だ。

しかし、『つつじ和菓子本舗』は改装のおり、そうした設備をなくし調理場の拡張にあてていた。休憩所の利用客が減ったのが取り壊す理由の一つで、餅つき機や大型の蒸し器などを導入したため調理場が手狭になったのが最大の理由だった。が、古参のお客様からは不満の声があがっていた。そんなとき、鍵屋に通っている女子高生が、お茶屋の仕事を引き受けてくれた。——和菓子一個で買収されたとも言う。和菓子屋で売られている一枚五十円のお茶券を持って鍵屋に行けば、かわいい白猫が出迎える店内でおいしい日本茶が楽しめる。もちろん、和菓子の持ち込みもできる。お手軽感から年金暮らしの高齢者に評判がよく、ちょっとした交流が生まれる場にもなっていた。

祐雨子はちまきと『藤霞《ふじかすみ》』をフードパックに入れ店を出た。

「ちょっとお店をあけますね」

どっしりと構えた招き猫の置物の頭をそっと撫《な》で、ボロボロながらも現役の、鍵屋の引き戸を開ける。

「こずえちゃん、いらっしゃいますか?」

「あ、祐雨子さん!」

ちりんっと鈴を鳴らしながら白猫が駆け寄ってくる。足下にすり寄ってくる愛らしさに祐雨子はすっかり蕩《とろ》けてしまう。

「雪《ゆき》ちゃん、昨日も今日も、明日も美猫さんですね〜」

鍵屋の看板猫は、赤い首輪に大きな青い目が愛らしい真っ白な猫だ。誰が来てもこうやって律儀に出迎えてくれるので、雪目当てにお茶券を買いに来るお客様もいるほどのモテモテにゃんこである。

「和菓子ですか?」

小さな金庫から手を離し、椅子から立ち上がったのは、『鍵屋甘味処改』に住んでいる鍵師《かぎし》見習いの遠野《とおの》こずえである。すらりと背が高いモデル体型の彼女は、本人は無自覚ながらもシャープな顔立ちの美人だ。感情が顔に出るタイプなため表情が豊かで、いつも溌《はつ》剌《らつ》と元気がいい。

十八歳という年齢を考えると洋菓子を好みそうだが、彼女は自他共に認める根っからの和菓子好きだ。

「きゃー、ちまき! ちまき大好きです!! 一年中食べたいです!」

「ほんのり笹《ささ》の香りがするちまきって、おいしいですよね」

「そうなんです。もちもちで、優しい甘さで、何個でも食べたくなるんです。あ、こっちのかわいいのはなんだろう。えっと、五月で紫だから、藤の花？」

フードパックを手渡したとき、こずえの右手の薬指にリングが見えた。シンプルで飾り気のない、真新しいリングだ。凝視する祐雨子には気づかず、こずえがパックを覗《のぞ》き込んで目をキラキラさせる。なんとなく気後れのようなものを感じながらも小さく息を吐き出し、祐雨子は自然に見えるようにうなずく。

「正解です。『藤霞』と言います。去年お店に出していた練り切りの『藤棚』をこないし、さらにアレンジを加え柔らかな雰囲気に仕上げました」

店で出す練り切りは、白練あんに求肥《ぎゅうひ》（餅粉）と甘味を加えた舌先でさらりと溶ける上品なもので、こなしはこしあんと薯蕷粉《じょうよこ》（うるち米の粉）を蒸し、甘味を加えしっとりもっちりした食感で人気の品となっている。

「写真！　写真撮らなきゃ!!」

きゃっきゃとこずえが店の奥に駆け込む。静かに立っていればなんとなく近寄りがたい美人だが、いったん打ち解けるとても人懐っこい。なんだか猫みたいな少女だ。

鍵屋の建物はほとんど手を加えられていないため、外観同様に内装もどこか古めかしい。

四つ並んだテーブルも、十六脚の椅子も、奥にある台所や、二階に上がるための階段も、フィルターを一枚嚙《か》ませたみたいにしっとりと味がある。店内をうかがい、階段の下に黒カバンがないのを認め、祐雨子はそっと肩から力を抜いた。どうやら鍵屋の主人は一人仕事に出かけているようだ。

「こずえちゃん、あとでレビューうかがいに来ます」

「はい！　わかりました！」

元気な声にうなずいて、形のいい雪の頭をぽんぽんと撫で、祐雨子は鍵屋をあとにする。外に出ると四本のリードを持った女性が中腰で和菓子屋の前にいた。トイプードルのママさんだ。犬たちの中でとくに元気なのがラブラドール・レトリバーで、散歩の続きをするぞと言わんばかりにリードをビンと張り、誰かが通り過ぎるたびについていこうとする。店内に入れず切なげに鼻を鳴らすのはリボンもかわいいチワワで、ぴょこぴょこ飛び跳ねているのはシーズー犬。

「私、柏餅ね！　柏餅だから！　お茶券もねー!!」

トイプードルのママさんが愛犬を抱き上げ店内に向かって叫んでいる。

犬のママさんたちは仲がよく、メンバーが増えたり入れ替わったりで、気づけば一大コミュニティーを作り上げていた。天気によってもメンバーが変わるが、訪れるたびにみんなそれぞれ和菓子を一つ、二つと選んでお茶券を購入してくれる。週に何度か来てくれる常連さんもいたりする。

「リード、持ちましょうか？」

祐雨子が声をかけると、トイプードルのママさんが涙目で振り返った。

「だ、大丈夫。ごめんね、お店の前ふさいじゃって……ぎゃあ、チェリーちゃん！　お店の中には入っちゃだめ！　入っていいのはお隣だからー!!　ビリーくんも！　お母さんもう来るから、お座り！　お座りね⁉」

「鍵屋でお待ちになりますか？」

「そ、そうね！　そうしようかしら！　じゃあみんな、先に行ってるわね！」

店内に向かって叫んだトイプードルのママさんは、犬たちに引きずられるようにして鍵屋に消えた。すぐに犬のママさんたちが店から出てきて「ごめんなさいね」と上品に笑いながら鍵屋に入っていく。

見送って振り返ると、歩道の真ん中で立ち尽くす少年のまん丸目玉と視線が合った。

「あ、飛月《ひづき》くん！　関口《せきぐち》さんのところの飛月くん！　柏餅がありますよ！　厄除けにお一つどうですか⁉　こどもの日におすすめですよー!!」

ジーンズのポケットに両手を突っ込んで前屈みで硬直していた飛月少年は、祐雨子の一言にぎょっと上体をのけぞらせた。だがすぐに、前のめりの姿勢を確保して祐雨子を睨《にら》む。

「子どもじゃねえし！」

「小学六年生は子どもです！　かしわの葉っぱが表巻きだと小豆あんで、裏巻きだと味噌《みそ》あんです！　なんとびっくり、今日は表も裏もあります！　選びたい放題ですよ!!」

「いらねーって言ってるだろー!!」

引き戸を開けつつ熱く誘うと、ぎゃーっと叫んだ飛月少年がきびすを返し逃げていった。

「相変わらず元気がいいですね、飛月くんは」

あずきは嫌いだと公言する飛月少年は、たまに鍵屋に雪の様子を見にやってくる。今日もきっと、雪の様子を見に来てくれたのだろう。

「せっかく来てくれたのに、私が声をかけたせいで帰ってしまいました……」

反省しつつ店に戻ると、レジに立つ多喜次に困惑気味の視線を向けられた。

「和菓子嫌いな子どもに和菓子すすめても、将来の大口顧客は増えないと思うんだけど」

「でも、慣れたら食べられるようになると思いませんか？　おまんじゅうは無理でも、練り切りとか、水まんじゅうとか」

飛月少年はあずき嫌いだ。食感や後味が苦手らしく、どうあっても食べようとしない。ならば上生菓子――白あんと求肥を混ぜた見目も鮮やかな練り切りや、つるんとのど越しのいいお菓子でなら、少しは気分も変わるのではないか。

「水まんじゅうは夏のものだし」

「……そうでした」

祐雨子はしょんぼりと肩を落とす。

「――でも、いつかは好きになるかも」

ふっと聞こえた声に、祐雨子は顔を上げる。

「俺も苦手だったけど、今はちゃんと食べられる。味覚が変わることもあるだろうし」

「そうですね」

多喜次の言葉に祐雨子は素直にうなずいた。

「……いつかは、ね」

小さく続いた多喜次の言葉は、なぜだか自分に言い聞かせるような響きがあった。

2

「お疲れ様でしたー!!」

夜七時十分、意外に早く客が引け、掃除をすませた多喜次は帰途につく祐雨子とその母

――蘇芳都子《すおうみやこ》にぺこりと頭を下げた。和装はかっちりおしとやかな祐雨子だが、今日の私服は鎖骨が見えるだぼっとした黒のニットシャツに細身のパンツという組み合わせだった。いくら見せても平気なデザインだろうと、ニットシャツからキャミソールが覗くとドキッとしてしまうのが男である。

「お疲れ様でした、多喜次くん」

そう言って屈託なく微笑む祐雨子の姿に胸が高鳴る。が、ドキドキするのは多喜次ばかりで、祐雨子はいつも通りあっさりと、都子とともに店を出ていってしまった。

ひらひら手を振り続ける多喜次の肩ががっくりと落ちる。

まあしょせん片想いだし。

勢いあまったプロポーズは、彼女を困らせるだけで終わってしまったわけだし。

壁に右側頭部をあててぐりぐりやっていたら、閉まったはずの裏口のドアが開いた。

ほのかな期待にはっと顔を上げた多喜次は、都子の姿にまたしょぼしょぼと右側頭部を壁にぶつけた。

「お父さん、あんまり遅くならないように帰ってくるんだよ」

都子の言葉に、水にひたした小豆を確認していた祐が大儀そうに手をふった。

「わかってる」

いつもは仕事が終わるとすみやかに帰宅する祐が、今日は珍しくなかなか帰ろうとしない。パタンと閉じた裏口から脱力気味に視線をはずすと祐と目が合った。

小首をかしげる多喜次に、

「これから暇か?」

と、まじめくさった顔で尋ねてくる。明日は学校だから早めに休むつもりだったが、その前に先日百円ショップで購入した紙粘土《ねんど》で練り切りの練習をしようと思っていた。しかしそれも急ぎというわけではない。

「暇ですけど」

「じゃあちょっとつきあえ」

多喜次は腰下エプロンをはずすと顎をしゃくる祐にうながされるまま店を出る。五月に入ると日中は汗ばむほど暑い日が多くなるのに、日が沈むとたんに気温が低くなる。反射的に肩をすぼめると車に乗るよう指示されて、不思議に思いながらも助手席に乗り込んだ。祐の車は通勤と仕事を兼ねているため、なんの変哲もない白のバンだ。荷物がいろいろと積めて便利らしく、兄も同じような車に乗っているので、多喜次の中ではすっかり「仕事をする男の車」として認識されている。

どこに行くのだろうといぶかしんでいると、市をまたいだ車は、蘇芳家から徒歩十五分という微妙な距離にある居酒屋『花しぐれ』の駐車場に入った。駐車場には黒い車が一台だけとまっていた。

なぜ居酒屋、と、多喜次は首をひねった。多喜次はまだ十八歳だ。法律上、飲酒は禁止された年齢だ。多喜次はとたんに不安になった。酔いにまかせて言いにくい話をする気なのではないか。そう考えたら心臓がバクバクしはじめた。

接客は問題なかったはずだ。仕込みだっていつも通りすませた。掃除も手抜かりはない。考えれば考えるほど背筋が冷えていく。

日常業務に問題がなければ、残るはただ一つ――祐雨子のことだ。

ついつい祐雨子を目で追ってしまうから、できるだけ見ないように気をつけていた。だが、それはあくまでも多喜次の〝努力〟であって、知らず知らずのうちに祐を不愉快にさせていた可能性がないとも言い切れない。もしも祐に「娘に近づくな」と言われたら、明日からなにを生きがいにすればいいのだろう。都子が「遅くならないように」と釘《くぎ》をさした意味が、絶望的な状況を示唆《しさ》するようだった。

多喜次が呆然《ぼうぜん》と立ち尽くすと、

「おい、行くぞ」

祐が居酒屋の戸を開けて怒鳴った。多喜次は肩をこわばらせ、反射的に頭を下げた。

「すみませんでした！　変な意味じゃなくて、俺純粋に、祐雨子さんのことが好きなんです！　下働きだって全然嫌じゃないです！　確かにプロポーズは保留されたけど、でもまだ断られたわけじゃないし、希望は捨ててないから！　だからクビだけは――」

「お、落ち着け、タキ。今日は寄り合いだ」

戻ってきた祐に肩を摑《つか》まれ、多喜次ははっとした。

「……寄り合い、って、あの……」

「仲間同士の親睦《しんぼく》会」

ぼりぼりと鼻をかく祐を見て、多喜次は見る間に赤くなった。間違えた。完全な早とちりだ。なんだかいろいろよけいなことを言ってしまった気がするが、咳《せき》払いのあとぷいっと背を向け居酒屋に入っていく祐に、もう声をかける勇気はなかった。

羞恥《しゅうち》で頰《ほお》が焼けそうだ。

「おおおお、俺、バカすぎ……っ」

多喜次はよろよろと店の中に足を踏み入れる。店内は意外に広く、雑多な雰囲気だ。どこかの土産物らしき提灯《ちょうちん》やら置物やら壁飾りやらが、調和を無視して至る所に飾られている。カウンター席があり、テーブル席があり、奥には座敷まである。

「いらっしゃーい、お一人様ー？」

「それはうちのだ。おい、タキ、こっちにこい！」

カウンター越しに、細身で長身の、男なんだか女なんだかよくわからない長髪の店員が声をかけてくると、祐がすかさず怒鳴り返した。彼はそのまま唯一席が埋まっている奥の座敷に向かった。

「おう、つつじ屋、おせーじゃねーか！」

でっぷりとした赤ら顔の男がビールジョッキ片手に上機嫌で声をかけてくる。

「仕事が終わってすっ飛んできたんだよ、これでも。うちはお前んとこみたいに五時に終わらねえんだ」

「つつじ屋さんは駅が近いからねえ。帰宅途中に寄っていくお客さんも多いんでしょ」

祐が毒づくと、ごま塩頭をきれいに撫でつけた怒《いか》り肩の男がフォローを入れる。隣でくつくつと笑っているのはシャープな顔立ちで眼光の鋭い美中年だ。

「忙しいなんて景気のいい話じゃないか。俺のところは景気の悪い話ばっかりだ」

「はあ、虎屋《とらや》さんところはあれですか。後継者問題？」

ごま塩頭が尋ねると、美中年の眼光がさらに鋭くなる。

「松吉《まつきち》のところもだろ」

「いや、うちは後継者どころか売上がねえ。次を育てる前に店が潰《つぶ》れますよ」

いきなり話がシリアスになった。酒の場なのに一瞬でお通夜《つや》状態だ。多喜次が戸惑って足を止めると、

「湿っぽい話はなしだ。うちの若いの連れてきたんだから景気のいい話にしてくれよ」

祐が一声かける。すると視線がいっせいに多喜次に向いた。一瞬たじろいでしまうような値踏みの目だ。思わず足を引きかけて、慌ててぐっと堪えた。

「淀川多喜次です、よろしくお願いします」

いったいこれはなんの集まりなんだと疑問符ばかりが並んだが、自己紹介のタイミングなので深々と頭を下げる。そろりと顔を上げると祐と目が合ったが、口を開いたのはごま塩頭の男だった。

「ようこそ、花城《はなしろ》・花脇《はなわき》和菓子友の会に」

「花城・花脇……？」

多喜次が繰り返すと、カウンターでひかえていた店員がぐいっと身を乗り出した。

「そうよ、花花会よ！」

やっぱり性別不明な店員が、カウンターに両手をついてぴょんぴょんと飛び跳ねる。おっさん五人の集まりが『花花会』とはこれいかに。

「そ、その名前はやめないかマキちゃん」

祐はそうめいてから多喜次の首根っこを掴んで座敷に上がり込んだ。ぴしゃりと後ろ手にふすまを閉め、掘りごたつ式のテーブルの手前に座らせる。

和菓子友の会と言った。市内に和菓子店は多喜次が知るだけでも十軒はある。だからこの集まりは、仲のいい者同士の小規模なもの——。

「おやっさん、もしかして俺も会員……ですか⁉」

くわっと目を見開いて尋ねると、祐が「あー、まあ」とうなずいた。一人前でなくとも、とりあえず数にカウントしてくれるらしい。喜びに無言で両手を上げると、

「これが『つつじ和菓子本舗』の職人か？」

「若いねえ、いくつ？」

「いつからやってるんだ？」

「和菓子職人なんて苦労するだけだぞ？　やめとけ、やめとけ！」

「いっせいにしゃべんじゃねーよ！」

「はい、ビールと烏龍《ウーロン》茶追加ねー」

ほぼ同時に声が襲ってきて多喜次がぎょっとのけぞる。その絶妙なタイミングで、がらっとふすまが開いて店員が勝手にビールと烏龍茶を持ってきた。

「それじゃ乾杯ー。二回目ー」

自由だ。誰かが音頭を取ると、もうすっかりその気になって、全員がグラスを手にする。多喜次も一緒になってグラスを手にし、ひとまず乾杯の音頭に参加してちびちびと烏龍茶に口をつける。みんながビールで、自分だけが烏龍茶。

「……なんか俺だけ子どもみたいだ」

いや、実際に未成年だ。アルコールもタバコもだめな年齢だ。溜息とともに唐揚げをつまんでいたら自己紹介がはじまった。ごま塩頭の怒り肩、ちょっとお洒落な壮年の男は『和菓子屋松吉』さん、でっぷりとした赤ら顔の男は『甘味処さくら』さん、大柄な筋肉質の男は『花脇菓子舗』さん、眼光の鋭い美中年は『虎屋』さんというらしい。

「って、名前は⁉　なんで店名⁉」

「俺たちは屋号《やごう》で呼び合ってるんだよ。昔っから」

ぎょっとする多喜次に祐はあっさりと返す。だから入店したとき、祐が『つつじ屋』と呼ばれたのだ。ちなみに寄り合いは二カ月に一回おこなわれているとのことだ。

「んじゃ、みんながそろったところでお披露目だ。『甘味処さくら』の新メニュー！　羽《は》二重《ぶたえ》ロール‼」

でやぁっとさくらが重箱をテーブルの上に置いた。

「羽二重ロールって、そんなまたオーソドックスな」

虎屋が呆《あき》れ顔になる。職人一同反応が鈍いところをみると、新作というほど目新しい品ではないようだ。しかし、蓋《ふた》を開けてみると緑色や桃色、黄色、白、紫の餡《あん》を包んだ羽二重が透け、見た目がとても愛らしかった。

「女性には受けるんじゃないですか？　子どもも好きそうです」

「だろうだろう！　よくわかってるじゃないか、新人くん！」

この瞬間、多喜次の呼び名が『新人』で決定した。すすめられて一つ手に取ると、包まれているのは抹茶《まっちゃ》あんではなく抹茶クリームだった。つやっと形のいい小豆が練り込まれていて歯触りが面白い。なにより、なめらかに舌で蕩ける餅の軟らかさがおいしい。

「羽二重うまーい」

「騙《だま》されるな、新人！　それは和菓子の皮をかぶった洋菓子だ。さくらは和洋折衷《わようせっちゅう》で見境がない。こいつの店は甘味処のくせに和菓子より洋菓子が多いんだ……!!」

虎屋が吼《ほ》えると、さくらが顔の前で手をパタパタとふった。

「うちの客層は今どきの若い子で、最近は外国の人も来てくれるから」

「英語できないくせに？」

花脇がほろ酔い加減で尋ねると、さくらは深々とうなずいた。

「そーなんだよ。ホワイ？　って何度も訊《き》いてきて、いや参ったね。スイートビーンズって言ったらね、クレイジーって返ってくるんだよ。クレイジーだよ？」

「なんでまた」

祐の声に、よくぞ訊いてくれましたと言わんばかりにさくらが膝《ひざ》を叩く。

「豆は甘く味付けしないものなんだって。もうさ、文化から違うから、いやんなっちゃって抹茶大福すすめちゃったよー。抹茶はいいね、外国の人に人気で」

「お前んとこの抹茶大福にはこしあんが入ってただろ」

「そうそう、白いの入ってるよ。でもほら、粒あんじゃないから！」

すごい論点で攻めてきた。白かろうが黒かろうが豆は豆なのに、その辺りはスルーするつもりらしい。

「どうせお前、そのうちこっそり生クリームとかカスタードとかで作るんだろ？　和菓子屋なら小豆で勝負しろ、小豆で！」

「虎屋さんは和菓子一筋だよねえ。クッキーとかチョコレートくらい置いてもいいのに。日持ちのするお菓子はいいよ。コスパが」

「邪道だ」

よくよく聞いてみると、職人によって作るものがまったく違っていた。祐は生菓子――とくに練り切りを得意とする職人で、店頭はいつでも花が咲いたように華やかだ。だが、和菓子と一緒にケーキやクッキーを置く店もあれば、普段は生菓子を細々と売り、弔事《ちょうじ》のまんじゅうや祭事の引き出物を一手に引き受ける店や、独り身なのを逆手に取り、出費を限界まで削って材料の仕入れ、和菓子作り、販売、配達を一人でおこなって人件費を削る省エネタイプ、代々受け継がれた製法を守り得意先のみを相手に商売を続ける店もある。

「あの、虎屋って……」

確か有名な和菓子屋だったはず、と、多喜次は虎屋を見ると、彼は大仰《おおぎょう》に手をふった。

「虎屋って名前の和菓子屋は全国どこにでもある。俺んところは和菓子屋をはじめた曾祖《そうそ》父《ふ》が『虎吉《とらきち》』って名前だっただけだ。儲《もう》かりゃしねえ」

「でもあれだろ、跡取りがなんとかしてくれるだろ？」

「あんなのあてになるか」

毒づいた虎屋が多喜次をじろりと睨《にら》んだあと複雑な顔をする。俺別に跡取りでもなんでもないですから！　と言ったら自分から夢を手放してしまう気がして、多喜次は愛想笑いを浮かべてしまった。いまだ和菓子の一つも作らせてもらえないなんて言えやしない。

虎屋は多喜次から視線をはずし、花脇を見た。

「花脇んところはどうだ。確か息子がつつじ屋のところに修業に行ってただろ？」

ん？　と、多喜次は首をひねった。『つつじ和菓子本舗』には平間《ひらま》という二十代の職人が働いていて、多喜次が住み込みで働くようになるのと入れ替わるようにして店をやめてしまった。仕事の話はもちろんしていたし、世間話もしたが、それほど深くつきあっていたわけではない。けれど、言われてみるとがっちりした体型が花脇に似ている気がする。

「倅《せがれ》は京都に行ってる。和菓子の花形は生菓子だって生意気なこと言って、本場で修業してくるって飛び出して行きやがって――世話になったな、つつじ屋さんには」

「ありゃいい職人になる。花脇さんも安泰だな」

祐が褒めると花脇は照れたように頭をかきながら「いやいや」と謙遜《けんそん》する。多喜次から見れば平間は一人前の職人で、確かな技術のもと、丁寧な仕事で店をいろどる和菓子を作り続けていた。それなのにまだ修業中の身であるという。いまだ何一つ任せてもらえない多喜次よりずっとずっと上にいるのに――。

足下が、ぐらついた気がした。

一人前の職人になるには十年必要だと言われる。いまだスタートラインにすら立っていない自分が一人前になるのはいったいいつなのか。祐雨子と一緒に店を守るなんて高い志《こころざし》を持っていたって、これじゃあなにも――。

ぎゅっと喉元《のどもと》が絞まる。

無言でうつむいていると楽しげな会話が耳朶《じだ》を打った。

「跡取りかあ。僕は独身だから、まず売上を増やさないことにはなあ」

松吉が苦笑してキュウリの漬け物を頬張る。

「売上といえば、つつじ屋さんは好調なんだって？」

花脇が尋ねると、「まあぼちぼちな」と祐が答えた。

「隣の鍵屋がお茶を出すようになって客層が広がったんだ。まんじゅう一個とお茶一杯で、二百円で釣りがくるからな」

「二百円！」

甘味処を営むさくらは純粋な賛辞の声をあげた。

「一人一個でも、四人、五人と連れだって来てくれれば立派に上客だ。ついでにいろいろ買ってくれるお客様もいてリピーターが増えたんだよ。鍵屋にいる猫目当てに来る人もいるから、そっちでも客層が広がった。はじめは飲食店に猫なんてって思ったけどな」

「あざとい商売しやがって……」

呆れるのは虎屋だ。

「レビューも好評で売上にも影響が出るほどだ。たいしたもんだ」

祐は素直に感心した。客足は多いが和菓子を少しだけ買っていくお客様が大半だ。多喜次の目から見たら〝たいした売上にもならない顧客〟だった。

「羨《うらや》ましい……うちは売上ゼロって日もあるくらいなのに」

羨望《せんぼう》の眼差《まなざ》しで祐を見る花脇に多喜次は絶句する。自分の認識が誤っているのだと、ここにきてようやく気がついた。

「まあマイナスじゃないだけマシですよ。僕のところなんて、クレーマーが来ちゃって大変だったんですから」

「なんだ松吉、クレーマーってのは」

「虎屋さん回覧板見てないんですか？　花脇市界隈《かいわい》に出没してるクレーマーの話。飲食店中心に練り歩いて毒を吐きまくってるんです。やり口がえげつなくって」

「お、俺のところにはまだ来てないぞ」

「そりゃ花脇さんのところは来ないでしょ。外観が民家みたいだから初見じゃ無理だよ」

松吉の言葉に納得し、「よかったなあ」とニヤニヤ笑うのは虎屋、「隣町かあ」と顎をさするのが祐、「そりゃ大変だ」と、青くなって心配しているのがさくらだ。

多喜次は皆の会話を聞きながら無言のままだった。


寄り合いという名の飲み会は、それから一時間ほどしてお開きになった。

多喜次からすれば短い席だったが、他の和菓子屋はそれ以前から来ていたし、なにより彼らの朝は早い。必然的に解散の時間帯も早くなる。祐は車を店に預けて徒歩で、それ以外の者はタクシーを呼んだり、駅に向かったりと別々の帰宅になった。

多喜次が花城駅に着いたのは、九時を少し過ぎた頃だった。

駅の構内で雑談する人たちも、道行くサラリーマンも学生も、皆、寒そうにしている。そんな彼らを脇目に多喜次は店へと急いだ。案内地図には「駅から徒歩五分」と書かれているが今日はやけに遠く感じた。だから、裏口から店の中に入ったときには深い溜息が漏れてしまった。電気をつけて、ふっと顔を上げる。

改装を繰り返したという店内は和菓子屋らしく和風のおもむきで、独特の光沢を放つ栗皮色の柱と漆喰《しっくい》の壁、竹と和紙で作られた照明がバランスよく配された空間だ。小豆色ののれんで区切られた調理場には、長く愛用された古い道具から新しく買い直された道具まで、奇妙な調和でパズルのように組み合っている。

深く息を吸い込むと、餡の甘いにおいが鼻孔《びこう》をくすぐった。

個人店はまちまちらしいが『つつじ和菓子本舗』は朝の四時、早いときなどは三時から小豆を煮はじめる。ゆでこぼし、灰汁《あく》を抜き、ひたひたの水でじっくりと火を入れていく。餡の味が和菓子の味だ。一番肝《きも》の作業だ。こしあんはさらりと口で溶けるように、粒あんは軟らかく歯で砕けるように、毎日毎日丁寧に仕上げていく。祐は生菓子の中でも練り切りに力を入れていて、まるで機械で作ったかのように、けれど機械ではけっして表現できない繊細さで寸分のくるいもなく同じ形の和菓子を作っていく。彼が手早く丸めていく餡をこっそり計ってみたら、数グラムの違いもなかったことに舌を巻いたことがあった。

季節をいろどり、場を華やがせる目にも鮮やかな菓子たち。それらが、確かな技術によって作られていく。そんな和菓子を前にしたときの感動――。

「ああいうの、いいよなあ。そんで、隣に祐雨子さんがいてくれたら――」

そこまで言って、寄り合いのことを思い出した。調理場で仕事することができない多喜次は、夢を語る資格すらまだ与えられていないのだと痛感した。待っているだけではだめなのだと知っていたくせに、まるでわかっていなかったのだ。祐の作業を見て、片っ端からメモしていたが、そんなものは努力のうちには入らなかった。

多喜次は無言で柱に額《ひたい》をぶつけた。目の前に星が散った。痛みでうずくまった彼は、すぐさまバネ仕掛けの人形のように立ち上がった。明日は店が休みな代わりに学校がある。

多喜次の通う調理師専門学校は、一年目は総合学科でイタリア料理、中華、和食、フランス料理、製菓を勉強し、二年目から専攻になる。和食を専攻する者もいれば製菓に進む者もいて、多喜次のように二年目は製菓、三年目は和菓子と、さらにその先を学ぶ者もいる。

先は長い。だから、気持ちは上手に切り替えていかなければならない。

「あ、風呂……」

はっとする。店舗として改装されたため、『つつじ和菓子本舗』に浴室はない。駅裏の銭湯の入浴料金は四百円。調理師専門学校に通うこと自体を渋られている住み込みバイトの多喜次は親に頼ることができず、頻繁に風呂に行くほど金銭的なゆとりがない。かといって、昼間、材料を運んで汗をかいていたから風呂に入らないわけにもいかない。

「……くっ……!!」

多喜次は二階に駆け上がると箪笥《たんす》から服をひっつかみ、一気に階段を駆け下りた。裏口から店を飛び出し、お隣、鍵屋の裏口のドアを叩く。程なくしてドアが開いた。

「あ、タキだ。お風呂？」

多喜次のことを〝タキ〟と呼んで気安く出迎えたのはこずえだった。出会った頃から意地になって〝弟子《でし》一号〟と呼んでいるが、今や兄の婚約者で未来の義姉である。

多喜次と同じで、高校を卒業したばかりの十八歳。

「結婚前に同棲《どうせい》だなんて、ふ、ふしだらなっ」

顔をそむけてつぶやくと、こずえがきょとんと首をかしげた。

「ん？　なんか言った？」

「いえ、なにも言ってません。お風呂貸してください」

そう言って頭を下げたとき、こずえの右手の薬指にリングが見えた。プラチナのシンプルなリングだった。ピンポイントで胸元のポケットにレースをあしらったシャツに、タイトなスカートを合わせた、落ち着いた彼女の雰囲気にぴったりなデザインだ。

普段はあまりアクセサリー類をつけない彼女にしては珍しい。

「今、淀川さんが入ってるところだからちょっと待ってて」

手招きされて少し戸惑った。

「め、迷惑とかじゃないか?」

「困ったときはお互い様。私も淀川さんにいろいろ助けてもらったし」

大人びた表情で笑うこずえを見て、いろいろあったんだと察し裏口から台所に入る。

「……どうかした?」

じいっとこずえを見ていると不思議そうに尋ねられ、多喜次は「なんでもない」と返し視線を逸《そ》らす。ちまちまと和菓子が売れるのは、鍵屋で彼女がお茶を出してくれるから。そして、プロ顔負けの写真とともに、親しみやすいレビューを書いてくれるから。それが店の売上に繫《つな》がって、リピーターを増やしている。技術を学びたい、一人前の職人になりたいと鼻息だけを荒くする多喜次より、彼女のほうがよほど店に貢献しているのだ。

多喜次はおのれの視野の狭さに項垂れる。

「あ、お風呂から出たみたい。淀川さーん！　タキが……」

奥から引き戸が開く音がする。軽やかにターンしたこずえは、石像のように硬直したかと思うと、わなわなと肩を震わせた。

「だから、タオル一枚で出てこないでって言ってるでしょー!!」

何気なくこずえのあとについていった多喜次は、相変わらず怠惰《たいだ》な様子で風呂から出てきた兄に溜息をついた。容姿は整っているはずなのに、実は結構モテるはずなのに、仕事以外に興味がなく、開かない鍵と聞くとどこにでもすっ飛んでいく仕事バカは、婚約者の前でも気を使うつもりはないようだ。

「お前が呼んだんだろう。それにタオル一枚じゃない、二枚だ」

どうやら兄は、腰に巻いた一枚と、肩に引っかけた一枚をカウントしているらしい。

「違うから！　そういう問題じゃないから！　そ、そのタオル、落としたら、フライパン投げるからー!!」

みごとな絶叫だ。おかしい。この二人、恋人同士のはずで、しかも婚約してすでに一カ月以上たっていて、そのうえ同棲までしていてなぜタオル一枚にこの反応になるのか。

「って、兄ちゃんまさかの絶食系男子か!?」

はっとして叫ぶと、こずえはずり落ちはじめたタオルに絶叫して店内に逃げ、兄はなんの話だと言わんばかりに顔をしかめた。思わずつかつかと近づいて、靴を脱ぎ捨て板の間に上がり、兄の目の前に立つ。

「一緒に暮らして一カ月だろ。ふ、普通、い、いろいろあるだろっ」

小声で訴える多喜次に、兄はちょっとだけ眉をひそめた。

「いろいろって……ああ、そっちか。こずえの母親に、未成年に手を出す気はないって言った手前、なにかするわけにはいかないだろ。……せめてあの偏屈を説得して、結婚を了承させてからでないと」

顔をしかめた多喜次は、すぐに閃《ひらめ》いた。兄が攻撃的になる相手はごく限られている。

「あの偏屈って、父さんのこと？　でも父さんって、弟子一号が不幸になるから結婚するなって言ってるんだろ。善意ほど面倒臭いもんないぞ……って、下手したらあと二年も絶食かよ。霞《かすみ》食って仙人にでもなる気かよ」

ズレるタオルを気にもとめない兄に仰天した多喜次が、着替えを放り出し、意地になって結び直す。頭上で兄が軽く鼻で笑った。

「まあ、なんとかするさ」

濡《ぬ》れた黒髪を搔《か》き上げる右手の薬指にもシンプルなリングがあった。バカの一つ覚えのように黒ばかりを身にまとい、趣味を仕事にしたせいでそれ以外に一切興味を持たなかった変わり者の兄が、アクセサリーを身につけている。

「……それ、ペアリング？」

多喜次の指摘に動揺したのか兄の肩がぴくりと揺れた。ちらりと視線を流してくるその目元がわずかに赤い。照れているのだ。呆気《あっけ》にとられる多喜次をおいて、兄はきびすを返して脱衣所にある着替えを摑み、さっさと階段を上がっていった。そんな兄の反応には気づかず背を丸めてしゃがみ込んだこずえが、白猫の雪と人生について語り合っていた。

「――大切にしてるんだなあ」

本人《こずえ》に伝わっているのか定かではないが、鍵以外には不器用な兄が、不器用なりに誰かを幸せにしようとしている。冷戦状態だった父親ととりあえず和解をしたのも、間違いなく恋人のためだ。そうして今は、沈着冷静に振る舞いながら実は熱血という面倒な性分の父をなんとか説き伏せようと苦慮している。

服を脱いで頭から湯をかぶった多喜次の唇を割ったのは深くて重い溜息だった。

「……羨ましい」

湯船につかると本音が漏れた。好きな相手に思われるなんて奇跡に近い。世界中で誰もが、そんな奇跡の恩恵にあずかれるチャンスを少なからず持っているにもかかわらず。

「なんで祐雨子さんが好きだったのが兄ちゃんなんだろう」

祐雨子は高校の頃から兄が好きだった。それを知りながら、多喜次は彼女に恋をした。兄が別の人を選んで、祐雨子が失恋をして——悲しいと思う自分と、ほっとする自分がいて、おのれの醜さに愕然《がくぜん》とした。

「なんで、俺じゃないのかな」

結婚を申し込んだら保留にされた。

あれからもう二カ月——祐雨子はあのときのことなんてなかったかのようにいつも通り振る舞っていて、多喜次だけが自分の言動にどぎまぎとしている。

恋は唐突すぎて、はじめ方なんてわからない。けれど、終わらせ方なんてもっと謎だ。返事を保留にされたからって、想いまでは保留にならない。かといって、ふられてもあっさりと忘れられそうにない自分もいて、胸のつかえだけが大きくなる。

多喜次は深く湯船に沈んだ。

3

「はじめて調理室に入らせてもらって、やっと料理ができる！　ってみんなで盛り上がってたら、テーブルの上には包丁と砥石《といし》が置いてあって」

　言葉の合間にざらざらと音がする。

「包丁の研《と》ぎ方の授業だったんだ。その前に包丁の選び方とか使い方とかも教えてくれたけど、調理室ではみっちり研ぎ授業！　先輩が一年間使ったやつだって言って、学校中の包丁研がされて！　緊張で肩がパンパンで！」

「大変だったんですね」

　今日の多喜次は朝からテンションが高い。小豆をよりわけるペースも早い。それもこれも、昼間受けた学校の授業が原因だったようだ。学校が終わってバイトに入るなりずっとテンションが高いまま、時刻はすでに四時を回っていた。

「まだ当分は調理室使わせてもらえないみたいなんだ。卒業前には武者修行で希望のお店で働かせてもらえるんだけど、それまでが長くて」

　多喜次の通う学校の売りは、卒業前の三カ月間、希望の店で働けることだ。もちろん、生徒のスキルが低ければ別の店をすすめられる。けれどももし希望が通れば、憧れの店で働けるうえにそのまま就職という夢のような未来が待っている。働いて失望する生徒や、技術だけ会得して別の店に勤める生徒もいるらしく、なかなかシビアなシステムでもある。

「楽しそうですね」

「ん。料理食べて、大量の食材渡されて、再現してみろって言われたりするらしい」

「和菓子も？」

祐雨子の問いに多喜次は手元を見つめつつ首を横にふった。

「やりたいんだけどさ、和菓子って、豆、砂糖、米粉、芋《いも》類、寒天《かんてん》、あとは木の実とか。あんまり素材にバリエーションがないから、そういうテストはないみたいで……」

多喜次の発言に祐雨子はぎょっとした。

「そんなことないですよ!?　お砂糖一つとっても、しっとり甘みの強い上白糖、あっさりとした甘みが魅力のグラニュー糖、独特の風味と強い甘みが魅力の三温糖《さんおんとう》、打ち物には欠かせない、さとうきびから作られた口溶けのいい和三盆糖《わさんぼんとう》、さらに水あめと――」

「ゆ、祐雨子さん」

「米粉だって、そもそも主原料がうるち米ともち米ってわかれてるんです！　ひき方だって、そのままひけば求肥粉ですけど、細かいのは羽二重粉ですし！　水を加えてひけば白玉粉！　蒸し上げてひけば頭道明寺粉《かしらどうみようじこ》です！　舌触りや弾力、風味だって違うんです！」

「うん、ごめんなさい。全然違いました」

ショーケースの陰、黒ずんだ小豆をカゴに落とした多喜次が頭を下げ、祐雨子ははっと口を閉じ頬を赤らめた。和菓子の世界に限らず、食も文化も、あらゆるものが極めれば驚くほど奥が深い。たとえば一つまみの塩に世界を動かすほどの力があり、たとえば胡椒《こしょう》がダイヤにたとえられるほどの価値を持つ時代があった。過去に思いを馳《は》せると、ついつい熱く語ってしまうのだ。

「ご、ごめんなさい」

祐雨子が謝罪すると、多喜次は「ん」と返して微笑んだ。

「……どうかしたんですか？」

多喜次の目の前にしゃがんで顔を覗き込みながら尋ねると、彼はとても驚いたように目を瞬《またた》いた。

「元気、ないですね？」

「――元気だよ。いつも通り、絶好調」

笑う多喜次の顔を、祐雨子はじっと見つめる。触れられたくないことがあるのだと悟った祐雨子は、彼の隣に丸椅子を運び、ちょこんと腰かけると脇から豆の選別を手伝い出す。

少し、多喜次の体が反対側に傾いた。

「……あんまり、甘やかさないでほしいんだけど」

「通常運転です」

「通常ですか」

「はい、通常です」

動揺しすぎて敬語の交じる多喜次に深くうなずくと、彼はすっと肩から力を抜いた。

「もー、ホント、もー」

もごもごとそんなことを言いながら顔を伏せる。耳が赤い。どうやら沈みがちだった気持ちが少し上向きになったようだ。それに気づいてニコニコしていると、なんだか恨めしそうな目で見つめられてしまった。ん？　と思ってもう一度顔を覗き込むと、さっと伏せられてしまう。ますます耳が赤い。

「どうしたんですか、多喜次くん」

彼の肩を自分の肩でぐいぐい押すと、よろめいた彼は目元を赤くしてキッと睨んできた。

「なんでもないです」

そう言いながら押し返してくる。狭いスペースでそうやって押し合っていたら、引き戸の開く音がした。はっと立ち上がると、背後で多喜次がバランスを崩した。小豆がこぼれないようにとっさにカゴを持ち上げるあたり、運動部の名残がうかがえた。

「多喜次くん、大丈夫ですか⁉」

「お、お構いなく……っ」

カゴを両手で高くかかげた多喜次が派手に床に転がった。一瞬顔を歪《ゆが》めながらも多喜次はそのままの姿勢で親指を立てる。祐雨子は小さくうなずき正面に視線を向けた。

「いらっしゃいませ」

五十代とおぼしき女性が二人、興奮気味に店に入ってくる。

「やっと見つけたー!!　だから言ったでしょ、鍵屋の隣って！」

「はー、こんなところに和菓子屋さんがあったのねえ」

会話を聞いたとたん多喜次がしょっぱい顔になった。外観はそっくりなのに、なぜか鍵屋のほうが知名度が高いという謎の現象——〝ゆゆしき事態〟が発生中だ。訂正するわけにもいかないので、祐雨子はそっと多喜次を制しつつ注文を受けた。はじめて来た店ということで奮発してくれたのか、お一人様十個のお買い上げだった。

二人が出ていくと、レンガ色のトレンチコートの女性が入店した。目を惹いたのは病的なほどの細さだ。紺色のパンツからも足の細さが見て取れる。年の頃は二十代半ば、明るく染めた髪を掻き上げ、ヒールを鳴らし、硬い表情をしながらも一つひとつ吟味《ぎんみ》するようにショーケースに並ぶ和菓子を見ていく。

「薔薇？」

多喜次に怪我《けが》がないのを知ってほっとしていると、小さく問うような声が聞こえてきた。

「はい。『大輪』は薔薇をイメージした新作です。練り切りで作った薔薇の花に甘さひかえめのこしあんを包んだ食べやすい生菓子になっています。葉っぱはレモン風味の羊羹です。こちらも後味すっきりでおいしいですよ」

祐雨子の説明にお客様が『大輪』を指さす。筋張った、枯れ枝のような指だった。

「……じゃあ、これ一つ」

「一緒にお茶券はいかがですか？　お隣の鍵屋で日本茶が楽しめます」

ショルダーバッグから財布を出すのを見て、祐雨子はさらりと営業トークを加える。一人の場合は買わないお客様も多いが、購入する和菓子が一つなので使い物ではないと判断して声をかけたのだ。

若い女性は祐雨子を見たあと、店内に貼ってある『お茶券一枚五十円』の貼り紙を確認してうなずいた。

「じゃあ、それも一つ」

「ありがとうございます」

気に入ってまた来てくれることを願いつつ、祐雨子は『大輪』を小さなフードパックに入れ賞味期限をスタンプしたシールを貼り、ビニール袋に入れた。お釣りとお茶券を渡し、丁寧に頭を下げてお客様を見送る。

「ありがとうございました」

顔を上げると、一歩下がった場所でお客様を見送った多喜次が複雑な顔をしていた。

「どうしたんですか？」

「え？　うん。……今の……あ、ごめん。なんでもない、です」

じっと戸を見ながらも多喜次は奇妙な顔で答えた。なんでもないようには見えなかったが、思案げに口をつぐまれると尋ねるタイミングを逸してしまう。

椅子を直して小豆の選別を再開する多喜次に疑問符を浮かべつつ祐雨子は調理場に向かった。和菓子は日本の気候に合わせて生まれたもので、夏でも冬でも冷蔵庫に入れないのが原則だ。デンプン質を含む和菓子は、冷蔵庫に入れると硬くなり食感や風味が失われてしまうため、職人が作った和菓子は専用のケースに入れて並べられるのが常だ。

しかし、作り置き用のケースの中に『大輪』がない。

「『大輪』が残り二つです」

明日の仕込みに取りかかっていた祐は、祐雨子の声に手を止めて時計を見る。

「二つか……あと二時間半なら、もう少し作っとくか」

会社帰りのOLを見越しているのだろう。糖質ダイエットがささやかれる昨今、和菓子はどうしても敬遠されがちだが、『大輪』はレビューでも取り上げられた一品で、見た目も華やかだから女性客が注目していると睨んでいるのだ。

流し台から離れた祐が作業台の前に立った。

「お、そうだ。今日はもう茶券の販売は終わっていいぞ。雲行きが怪しい」

天気が崩れると客足もがくっと落ちる。そんな中でお茶券を販売すれば、善意で接客を引き受けてくれているこずえの負担になると考えての判断だった。

「わかりました。こずえちゃんに伝えてきます」

祐雨子はうなずき、黙々と小豆をよりわける多喜次に声をかけた。

「お茶券の販売は終了です。こずえちゃんにも伝えてくるのでレジをお願いします」

裏口から外へ出ると、空には厚い雲がかかり、強い風が一瞬で体温を奪っていった。季節を逆行したかのような寒さにぶるっと肩を震わせ、祐雨子は鍵屋の裏口に回った。

ノックして返事を待つが、反応がない。

「いらっしゃいますか？」

明かりはあるから、中に人がいるはずだ。祐雨子は迷いつつ裏口のドアを開ける。台所には誰もいない。が、店内には人影があった。はじめに見えたのは、怒っているような、苛立《いらだ》っているような淀川の不機嫌顔だ。彼は肩をすぼめるようにして丸椅子に腰かけるこずえの髪を摑む。

その瞬間、こずえの細い肩が小さく震えた。

「な、なにしてるんですか⁉」

　祐雨子は反射的に叫んでいた。青ざめうつむくこずえの様子に、なんだか異様なものを感じたのだ。駆け寄る祐雨子に反応したのは淀川だった。黒髪をひっぱる手を止め、祐雨子に視線をちらりと投げて短く息をついた。

「編み込み」

「編み込みって……え？　髪の毛？」

　祐雨子が淀川の言葉を繰り返すと、こずえの肩がますますしぼんだ。状況が把握できず説明を求めるように淀川を見ると、彼は軽く肩をすくめながら口を開いた。

「客に茶を出したら、髪の毛が入ってたってクレームがあったんだ。こずえは否定したが、髪も縛ってなかったし、絶対入っていないとは言い切れないから」

「――だから編み込みを？」

　ちなみに彼は、テーブルの上に置かれた携帯電話をちらちらと確認しながら答えていた。器用なことに動画を見ながら人生初の編み込みにチャレンジしている。もともと指先が器用なためか、センスがいいからなのか、話しながらも動画と同じ動きをなぞり、さらさらのストレートヘアを着々と編み込んでいく。

「よ、よしくんは相変わらずムダに女子力が高いですね……」

一見すると強面《こわもて》で無愛想な仕事人間なのに、料理の腕ばかりか髪のセットまでできてしまうらしい。リボンでかわいらしく髪をまとめる淀川に驚愕《きょうがく》しつつ、「あの」と、申し訳なくなりながら言葉を続けた。

「今日は早めにお茶券の販売を中止しました。だから……」

「お客さんが祐雨子さんのところにも怒鳴り込んでいったの⁉」

涙目のこずえに問われ、祐雨子は慌てて首を横にふる。

「違います。天気が悪いから、お茶を飲まれる方も少なくなるので中止にするだけです」

祐雨子の言葉にこずえは安堵しつつも悲しげな顔になった。誰にでもミスはあるとありきたりな慰めを口にしながらも、祐雨子はなんとなく釈然としないものを覚えつつ仕事のため再び和菓子屋に戻った。

多喜次と入れ替わるようにレジに入ったが、よほど難しい顔をしていたのだろう。

「なにかあったの?」

そう尋ねられ、祐雨子はぺちんと頬を叩く。

「出てました?」

質問に質問を返すと、「少し」と苦笑されてしまった。祐雨子はちらりと上目遣いに多喜次を見て、コホンと咳払いし、店内に誰もいないにもかかわらず声をひそめた。

「お茶に髪の毛が入っていたって、クレームがあったみたいです。それで、こずえちゃんが落ち込んでいて」

「――クレーム？」

ふっと多喜次の表情が変わる。気遣わしげな空気が一転、緊張したものになる。

「こんな言い方はよくないのですけれど」

祐雨子はそう前置きして言葉を続けた。

「お茶を一つお出ししただけです。髪の毛が入っていれば、気づくと思うんです」

こずえは黒髪で、しかも長い。彼女の髪が入っていたなら出すときに気づかないなんてまずあり得ない。お茶を淹《い》れるのが下手な淀川は手を出さないだろうし、猫の毛なら猫の毛と、ちゃんと説明が入るだろう。

だから釈然としない。

「それって、さっき来たお客様？」

「はい。お茶は飲まずに、返金だけ求めてお帰りになったそうです」

「和菓子は？」

「持ち帰ったみたいです」

祐雨子の言葉を聞いて多喜次はぐっと唇を噛んだ。

「それ、隣町に出没してるクレーマーかも」

「多喜次くん?」

「クレーマー?　隣町って」

「祐雨子さんの家がある界隈。回覧板って見る?」

　尋ねられて祐雨子は首を横にふった。たまにタイミングが合えば見るが、いつの間にかやってきて知らないうちに回されているので見ないことのほうが多い。どうやらそこにクレーマーのことが小さく載っていたらしい。

「茶髪の若い女ってことくらいしか書いてなかったから、まさかとは思ったんだけど」

　そこまで言って多喜次は口をつぐんだ。手当たり次第因縁をつけて金銭や商品を要求するクレーマーの話は、恐怖とともに聞いた覚えがある。土下座を強要された事件もニュースになった。酔っ払いが絡んで暴れただとか、確認を取ったにもかかわらず商品が違うと言い出しただとか、接客態度が気に入らない、食べられないものが入っていた、そんな理由で絡んでくる人も多いと聞く。もちろん、和菓子屋だってトラブルがないわけではない。在庫がなかったり、お客様の想像していた品と違っていたりして、注意されることもある。

　けれど今まで、回覧板で警告されるような要注意人物が来店したことはない。

「——少し、気をつけておいたほうがいいかもしれないですね」

祐雨子の言葉に、多喜次はうなずいた。

翌日。

「………‼」

恐ろしいことにクレーマーが再び店の引き戸を開けた。昨日の今日でまさかやってくるとは思わなかったが、それでもやってきてしまった。昨日と同じレンガ色のトレンチコートを着ているが、下は白の清楚《せいそ》なワンピースだ。ヒールの高い靴にばっちりメーク、手入れされているのだろう髪はふんわりキュートにまとめられ、ショルダーバッグは目を惹くターコイズブルー。どれをとってもこだわりがありそうで、陰湿なイメージのクレーマーと結びつかない。

「んーと、昨日いただいたのは食べる気がしなくて捨てちゃったのよねー」

と、彼女は言った。容赦がない。食べて文句を言われるのは悲しいけれど、食べてもらえないのはもっと悲しい。祐雨子は深々と頭を下げた。

「申し訳ございませんでした」

気に入ってもらえないものをすすめたのは祐雨子の落ち度だ。謝罪する祐雨子から顔をそむけ、クレーマーはショーケースへと視線を落とす。熱心に見つめる姿から和菓子に興味があるのだと確信し、祐雨子は細く息を吸い込んだ。

「では、こちらの『立夏《りっか》』はいかがですか？　ゆずあんを使い、後味もさっぱりとした和菓子です。見た目にも爽《さわ》やかですし」

フードパック用のゴムを束ねる手を止め、不安げに様子を見守っていた多喜次が、ぎょっとしたように着物の袖《そで》をひっぱった。まっすぐな瞳が「いいの？」と尋ねてくる。だから祐雨子は微笑んでうなずいた。

目を見張った多喜次は、すぐに真剣な表情になって顎を引いた。

――クレームを入れさせないようにすればいい。小さなミスも見逃さず、相手につけいる隙《すき》を作らない。それは昨日、閉店後にこずえとも入念に話し合ったことだ。

「じゃあ『立夏』を一つと、お茶券ください」

「かしこまりました」

祐雨子はにっこり微笑んで小さなフードパックに『立夏』を入れる。

「こちらでよろしいですか？」

「……ええ」

目の前に差し出して確認してもらい、手早く蓋を閉じて賞味期限のスタンプされたシールを貼った。ビニール袋に入れる前にあらためてフードパックを確認したが、致命的なミスは見当たらなかった。

会計をすませ、店を出ていく女性に頭を下げる。

「ありがとうございました」

普通の飲食店と違い、和菓子は一目で異常がわかる。それに、確認もしてもらった。クレームが入りようもない。

そう思った。五分後、淀川から電話がかかってくるまでは。

祐雨子は帯に忍ばせていた携帯電話を引き抜き仰天した。

「よしくん？　どうかしたんですか？」

『今、和菓子を売ったな？』

スピーカーを通して聞こえてきた淀川の問いに祐雨子は息を呑《の》んだ。

「え……ええ、女の方に、『立夏』をお一つ」

電話の向こう、女の人の怒鳴るような声が聞こえてきて心臓がきゅっとした。

高校を卒業して、祐雨子は家業である和菓子屋の仕事を手伝うようになった。失敗だってたくさんした。おまんじゅうをうまく蒸し上げられなかったことなんてしょっちゅうだし、形がいびつで売れないものもたくさんあった。注文を間違えたり、道に迷ったお客様の誘導が上手《うま》くできなかったり、商品の説明がなってないと駄目出しされたことだってある。けれどこんなふうに不安を覚えたことはなかった。

昨日、こずえとあんなに何度も話し合いを繰り返したのに、いったいなにが——。

『少し、時間いいか？　ちょっと鍵屋に来てくれ』

「わかりました。すぐにうかがいます」

祐雨子は通話を切って多喜次を見た。

「さっきの？」

「そうみたいです。少し、隣に行ってきます。レジをお願いします」

「俺も行く」

「大丈夫です。こう見えても慣れてますから！」

なにか言いたげな多喜次に力強くうなずいた祐雨子は、裏口から出ていけば祐に見とがめられてことが大きくなると考え、正面の出入り口から外へ出て鍵屋に向かった。

販売手順にミスはない。品物だって間違いない。こずえも昨日の一件を踏まえた上で接客をおこなったはずだ。その状況でなお呼び出されたことに不安を覚えながら、祐雨子は緊張の面持《おもも》ちで鍵屋の引き戸を開けた。

「だけどげんに入ってたじゃない！　髪の毛！」

「も、申し訳ありません！」

　怒りにまかせてテーブルを叩くのはさきほど『立夏』を買ってくれた女性。深く頭を下げるのは、プロ顔負けの編み込みをリボンで飾るこずえだ。祐雨子がとっさに口を開くと、黙ってろと言うように奥で淀川が立てた人差し指を唇に押し当てた。いつもならいの一番にこずえを助けに向かうであろう彼が、なぜかじっと二人のやりとりを見守っている。

「あの、すぐに新しいものをご用意しますから……」

「そういう姿勢が気に入らないの！　なんでも替わりがあると思って！　なんなのよ、その失礼な態度！」

　キンキンと耳に響くような声に祐雨子はたじろぐ。だが、細い肩を怒《いか》らせ、苛立ちを叩きつけるような後ろ姿はなぜか痛々しく見えた。足をふんばって、拳をきつく握って、まるで小さな子どもが必死でなにかを訴えているかのような――。

「だいたい、お茶の出し方だってなってない！　そんなんでよくお金なんて請求できるわね!?　恥ずかしくないの！　それとも私をバカにしてるの!?」

「いえ、あの、そ、そういうわけじゃ……」

　こずえはすでに涙目だ。雪は階段まで避難しているらしく、白いしっぽだけがぱしぱしと激しく動いている。テーブルには湯呑《ゆの》みと先ほど買っていった和菓子が一つ。それは、フードパックの上でぐちゃぐちゃにされ、もとの形がわからなくなるほど無惨《むざん》に崩されていた。

　オロオロする祐雨子は、今日の標的が和菓子だったことに気づきぎくりとした。フードパックに入れるときに見てもらった。けれど当然、崩して中まで確認したわけではない。

「なんとか言ったらどうなのよ！」

　クレーマーはますます語調を荒らげて責め立てる。和菓子に問題があるなら和菓子屋を責めるべきだ。お客様から見たら和菓子屋もお茶屋も同じ認識かもしれないが、それでも、文句を言うべき相手を間違えている。

「お客様！」

　淀川が視線で止めるのも構わず、祐雨子は店内に足を踏み入れる。はっとこずえが顔を上げ、ついでクレーマーが振り返る。まなじりをつり上げ睨みつけられ、祐雨子は一瞬だけひるんだ。しかし、すがるようなこずえの視線に気づいてぐっと顎を引いた。

「申し訳ありません、先ほどお渡しした和菓子になにか……」

　そこまで言って、祐雨子の言葉が途切れた。フードパックの上で崩された和菓子に糸のようなものが練り込められている。細さからして髪の毛であることは間違いない。

　事前情報と昨日の一件から彼女が仕込んだ可能性が高かった。

だが、万一ということがある。謝罪して、新しいものに取り替えるのがベター。

そうわかってはいるが、相手はすでに激高し謝罪に耳を傾けられる状態にない。

「なによ⁉」

鋭い声にぎゅっと唇を噛んだ祐雨子は、クレーマーの動きがぎこちないことに気づいた。まるで、和菓子を祐雨子の目から隠すように体が不自然に傾いている。和菓子と和菓子の中に入っている髪の毛は、彼女にとって脅しの道具であるはずだ。すでにクレーマーとして警戒されている彼女のこと、こんな場面は幾度となく繰り返しているに違いない。それにもかかわらず、なぜ今さらそんなことをするのか。

本来であれば、これが証拠だと言わんばかりに見せびらかしそうなものを。

「あの、和菓子を少し見せていただいても……」

祐雨子の言葉にクレーマーの目が大きく見開かれた。

「そう言って髪の毛を抜くつもり？　なによ！　そっちのミスでしょ⁉　私が悪いっていうの⁉　私はなにも悪くないでしょ⁉」

細い体のどこにこんなパワーがあるのかと当惑するほど彼女は声を張り上げる。皮と骨ばかりの拳を振り上げ、振り下ろし、体全体で抗議する。

気圧《けお》されながら祐雨子はゆっくりと言葉をつむぐ。

「今日、調理場に入っているのは、はげ頭の職人だけです。だからその長さの髪は……」

はげ頭というより「ちょっと頭髪が寂しくなったから五分刈りにした」というのが正しいが、短髪に和帽子をかぶっているので長い髪など落ちようがない。

「他人の髪の毛が服についてることだってあるでしょ⁉　無菌室で調理してるっていうの⁉　だったら見せてみなさいよ！」

「いえ、そういうわけでは……でも、職人の髪の長さとも違うみたいですし……」

「だから！　他人の髪の毛がついたって言ってるでしょ！　日本語理解できないの⁉　いい加減にしてよ！　適当なことばかり言って！」

「も、申し訳ありま……」

「ほら！　なんでも謝ればいいと思って！　客をなんだと思ってるのよ⁉　バカにしないでよ！　飲食店がそんな態度でいいと思ってるの⁉」

ヒートアップする罵声《ばせい》に祐雨子は胸中で悲鳴をあげた。替わりの和菓子では納得しない、謝罪すれば激高――一瞬、金銭という選択肢も思い浮かんだが、おそらくさらに怒らせる結果になるだろう。彼女がなにを求めているのか摑めない。

「失礼ですが」

当惑する祐雨子の耳に届いたのは凜とした多喜次の声だった。はっと視線を上げると、淀川を押しのけるようにして多喜次が店内に入ってきた。どうやら祐か都子のどちらかに店番を頼み、そのまま裏口からやってきたらしい。

「ここで話していてもお互いに納得できる結果にはならないと思います。一度警察に行きましょう」

強引に話を進める多喜次にクレーマーが顔をしかめ、背後でひかえていた淀川が肩を落とす。そして、溜息とともに多喜次の肩をぐいっと押しのけた。

「警察は必要ない。こずえ、救急箱」

「え、は、はい！」

びくびくしていたこずえが淀川の一言でぱっと身をひるがえした。階段脇から昔懐かしい木製の救急箱を手に取ると、一目散に淀川のもとへ向かう。

「その髪をいただけますか？」

静かな淀川の声に、クレーマーの顔が険しくなった。

「あなたが警戒しているのは証拠を隠滅されてしまうことですね？」

「――そうよ」

「だったら、今ここで実験をしましょう」

救急箱を受け取った淀川は、エタノールを取り出して目の高さまで持ち上げた。

「ご存じですか？　エタノールはエチルアルコールとも言い、カラー剤を落とす効果があります。和菓子に入っていた髪と関係者の髪の染料を比べれば、誰の髪か判明します」

店の関係者でクレーマーのように髪を染めている人間はいない。証拠品である髪から染料が出た時点でクレーマーが犯人だと確定する。

クレーマーの肩がかすかに揺れるのを見逃さず、淀川の目がすうっと細くなる。まるで獲物を狙うかのように、彼はまっすぐクレーマーを見つめている。

「もちろん、あなたにも協力していただきます。構いませんよね？　潔白を証明するためのささやかな努力です」

淀川が手を差し出した。

「そのうえで、もう一度話し合いの場を設けてはいかがですか？」

なぜそこで悪の大王みたいな顔で質問をするのか——口調は丁寧、言っていることはいたって普通、それなのに妙な威圧感がただよっていて、思いがけない淀川の態度を前にクレーマーの目が泳いでいる。

皆に注目されていることに気づくと、彼女は顎を引き、キッと淀川を睨みつけた。

「いやよ。どこかですり替えるつもりでしょ!?」

「疑うのならご自分で確認しますか？」

淀川の言葉は容赦がない。エタノールをボトルごと差し出す淀川を見て、クレーマーの体が小刻みに揺れた。きつく結ばれた唇がわなわなと震え出す。辺りを見回すその目が、反論しようと言葉を探している。

苛立ちと焦燥《しょうそう》が、薄い背中から伝わってくる。

「なによ……どうせ私が全部悪いのよ！　そうでしょ！　そう言いたいんでしょ⁉」

叫んだ彼女の細い体がぐらりと揺れた。とっさに駆け寄って彼女を支え、祐雨子はぎょっとした。見るからに細い彼女は、それほど腕力のない祐雨子ですら易々《やすやす》と支えられるほど軽かったのだ。祐雨子と一緒に彼女をささえたこずえもまた、戸惑いの表情で荒い息をはく彼女を見おろす。

沈黙の中、声をかけてきたのは多喜次だった。

「勘違いだったらすみません」

声はいつになく硬かった。多喜次は警戒する彼女の瞳を覗き込む。

「体調、大丈夫ですか？　辛くないですか？」

案じるように響く静かな多喜次の問いに、彼女の細い肩がかすかに震えた。

「──食事、ちゃんととれてますか？」

弾《はじ》かれたように彼女は顔を上げる。その目から、ボロリと大粒の涙がこぼれ落ちた。

4

白木穂摘《しらきほづみ》と、彼女は名乗った。二十二歳、家事手伝い。もともと食べることが大好きで、高校までは比例して体重も相当なものだったらしい。

そんな彼女は大学に入ると一念発起し、ダイエットに励んだ。不摂生をやめ、カロリーを気にして食べるものにも気を使った。同時に運動もはじめ、彼女はみるみる痩《や》せていった。もちろん、その頃だって彼女は食べることが大好きだった。おいしい店があると聞けば遠方にだって出かけた。極端な食い道楽が収まっただけで、彼女の本質はなんら変わっていなかったのだ。

そんなとき恋人ができた。細身で長身な彼は、痩せている女の子が大好きだった。

「だからダイエットを頑張ったの。前よりもっと、頑張ったの」

堰《せき》を切ったように彼女は話す。丸い椅子に腰かけ、細い肩を震わせ、指先を白くなるまで握りしめて。

頑張って、頑張って、どんどん痩せて理想の女の子になって。

隣で彼はそれを嬉しそうに見ていた。食べることは相変わらず好きだったから、食事のときは好きなものを選んだ。けれど全部は食べず、我慢をして残すようになった。それを繰り返していたら、そうすることが当たり前になった。

彼のためにきれいになりたかった。大好きなものを我慢するのも苦にならなかった。体重は毎日のように減っていった。古い服は全部捨てた。憧れていたお洒落な服をたくさん買って、彼女の毎日は光り輝いていた。

それなのに。

「彼が言ったの。食べ物を粗末にする子は好きじゃないって。ずっと気になっていたけど、もう限界だって」

彼のためにダイエットを頑張った。大好きなものを我慢した。それなのに、彼の口から飛び出した言葉は、彼女が思っていたのとはまるで違う言葉だった。

「本当は、食べ物をおいしそうに食べる子が好きなんだって」

彼はあっさり彼女を捨てて、よく食べて、ちょっとぽっちゃりした女の子に夢中になった。今までの苦労はなんだったのかわからなくなった。傷心の彼女はやけを起こし、彼とはじめて入ったレストランに乗り込んだ。そして、今度は完食してやろうと思い出のディナーを頼んだ。けれど、ちっとも食欲が湧かなかった。あんなに食べることが大好きだったのに、見ているだけで気持ちが悪くなってきた。

周りには幸せそうなカップルばかり——それがよけいに彼女の心の傷をえぐった。胃がムカムカして、吐き気がして、いてもたってもいられなかった。

店を出ようと腰を浮かせた、まさにその瞬間。

「店員が来て、私の手元を見て言ったの。『申し訳ございません』って。料理にね、髪の毛が入ってたの。それが誰のものかわからなかったけど、もしかしたら私のものかもしれなかったけど、店の中がざわついたのがわかった」

今まで仲睦《むつ》まじく語り合っていたカップルたちが手を止めて、顔をしかめた。それを見て胸の奥のつかえがすっとひいていった。彼女は新しく出された料理には手をつけないまま店を出た。別の日に同じ店に行った。食べようと努力したが、一口食べたら急に吐き気がこみ上げてきて、トイレに駆け込む羽目になった。店員は彼女のことを覚えていて、理由も聞かずにただひたすら謝罪した。楽しい気分を台無しにされ、周りにいたカップルはとても不満そうだった。それを見たらまた胸のつかえがひいた。

別の店でも同じことがあった。店同士が情報を共有していたのか、対応はまったく同じだった。

そんなことを幾度か繰り返すうち、彼女も自分の体に起きている異変に気がついた。そして、食べられない彼女にからっぽの謝罪を繰り返す店員、トラブルを前に不快感をあらわにする客、それらを見て満たされる自分という状況に慣れていった。

いつの間にか彼女はクレーマーと呼ばれるようになっていた。それを知ったら自暴自棄になった。

「有名なところは片っ端から回ってやった。人のことを勝手にクレーマー扱いしたんだから、その報復だって思って。あ……あんなに、」

ぐっと彼女は唇を嚙む。きつく、きつく、血が流れないのが不思議なほどきつく。

「あんなに、食べることが好きだったのに、もう、全然、おいしいとは思えなくて……」

疑心暗鬼な視線が彼女をさらに追い詰めたのだと、祐雨子は漠然と感じた。実際祐雨子も、彼女の二度目の来店に警戒した。そういう目で見ていた。それがきっと、態度にも出ていたに違いない。

「ご、ごめんなさい。なにも知らず、勝手に決めつけてひどい態度を取りました」

祐雨子の言葉に穂摘はぎゅっと拳を握る。好きなものを我慢して、彼女は〝今の自分〟を作り上げた。それをすべて否定され——彼女はやがて、心のバランスを失って追い詰められていったのだ。誰にも相談できず、ずっとずっと苦しんで。

「辛かったんですよね。一人で頑張ってきたんですよね。それでも、お店に来てくれたんですよね？」

ふっと穂摘が顔を上げる。瞳が濡れていた。後悔と、不安の色。

「まだ、食べることが好きなんですよね？」

祐雨子の問いに穂摘の顔がくしゃりと歪む。食べたくて、食べられなくて、彼女は小さな和菓子を必死で選んで一つだけ買った。食べることが好きな彼女が、それをめちゃくちゃに崩したその心情をおもんぱかると切なくなった。

「ごめんなさい」

祐雨子の謝罪に、彼女はボロボロと泣き出す。震える細い肩が痛々しくて見ていられなかった。多喜次は神妙な顔で目を伏せ、こずえはちょっと涙ぐんでいる。

が、しかし、である。

この状況にまったく動じない男が一人、無言で携帯電話を取り出していた。

「よしくん、どこに電話する気ですか⁉」

ああ？　と言いたげに携帯電話を操作する。

「警察に決まってるだろ。営業妨害だ」

「今の話、聞いてなかったんですか⁉　可哀相《かわいそう》だと思わないんですか⁉」

「それとこれとは話が別だ」

淀川嘉文《よしふみ》は基本的にマイペースだ。一般常識だとか良心だとかは横に置き、実にクールに物事を進めようとする。警察から仕事を依頼されることもあるから慣れているのもあるだろう。そういうところは頼もしく思えるが、さすがに今日は別だ。

淀川がちらりと白木穂摘を見ると、彼女は涙をぬぐってこくりとうなずいた。

「な、納得しちゃだめです。よしくんは本当に通報するタイプですよ⁉」

「でも、よくないことだって、知ってたから」

まっすぐで、透明な声だった。祐雨子はぱっと穂摘の前に回り、淀川から彼女を隠した。

「被害届は出しませんから」

「わ、私も出さない！」

追随《ついずい》してくれたのはこずえである。淀川は眉をひそめた。こずえと一緒になってじっと見つめていると、さすがにちょっと迷いが生じたのか思案顔になる。そして、ポンと背中を叩いた多喜次が苦笑するのを見て舌打ちした。

「被害者がいないんじゃ、通報できねーな」

多喜次の一言に淀川は渋面《じゅうめん》で携帯電話をポケットに戻した。ほっと安堵する祐雨子の着物の袖を、穂摘が後ろから弱々しく摑んだ。こつんと背中に小さな衝撃があって、ほんのりとぬくもりが伝わってくる。

「ありがとう」

小さく響く声に、祐雨子はそっと微笑んだ。

こずえが和菓子のレビューをしてくれるようになってから、祐雨子にはちょっとした楽しみができた。それがネット検索である。和菓子を買ってくださったお客様が、広大なネットの海にときおり感想を落としてくれることがあるのだ。もちろん、いい感想ばかりではない。五段階評価で星一つなんて悲しいこともある。そんなときは心臓がぎゅっと痛くなる。けれど、たまに手放しに褒めてくれるお客様もいる。すると、しばらく幸せな気持ちでいられる。

休憩時間にこっそりと携帯電話でネットを見ていた祐雨子は、「あっ」と声をあげた。

「どうしたの?」

小豆をよりわけていた手を止め、多喜次が尋ねてくる。

「これきっと、白木さんのブログですよ!」

プロフィールの画像は白樺《しらかば》の切り株。タイトルは驚くことなかれ、『ホワイトツリーの食い道楽』である。検索結果にひっかかったアドレスに飛んだ祐雨子は、『つつじ和菓子本舗』のカテゴリーをドキドキしながらタップする。

「……あ」

カテゴリーに、まだ記事はなかった。他のカテゴリーをタップすると、今度は料理の写真と画面を埋めつくさんとする大量のレビューが表示された。野菜が水っぽい、ドレッシングの酸味が強い、肉の焼き加減がいまいちと、なかなかに辛口の部分もあるが、素材のよさとスタッフの接客態度、店の雰囲気などを丁寧に伝える熱い内容だった。

「……また、食べられるようになったんですね」

嬉しくなって口元もほころぶ。ちなみに、穂摘がこずえに絡んでいるとき淀川が祐雨子を呼んだのは、なにかのときのための〝保険〟であり、淀川はクレームをこずえ自身に解決させようとしていたらしい。鍵師もクレームの多い仕事だ。来るのが遅い、料金が高い、簡単に開くなら料金を支払わないとまで言われたり、傷がついただのといちゃもんをつけられたりすることもあるらしい。幸い淀川自身はそうしたお客様にはあたったことがないが、愛弟子《こずえ》が一人で仕事をするようになるのを見越し、これ幸いと様子を見ていたのだ。

スパルタだ。いくらいざというときに助け船を出す気であったとしても、もうちょっと優しさがあってもいい気がする。しかもエタノールでヘアカラーが落ちるだなんて大嘘《おおうそ》をついて――完全な嘘ではないが、後日お客様の髪をもらって試したら肉眼では確認できなかったのでかなり誇張したのは間違いない――穂摘を追い詰めたのだ。

「白木さん、謝罪行脚《あんぎゃ》したらしいよ。一軒ずつ謝って回って、まあ店も大事にしたくなくて謝罪を受け入れる形になったって」

レビューを見つめ悶々《もんもん》としている祐雨子の耳に多喜次の声が飛び込んできた。顔を上げると多喜次が「学校で噂《うわさ》になってたんだ」と言葉を続けた。どうやら、多喜次の通う学校の生徒がバイトしている店にも穂摘が来店していたらしい。

「レビューが的確だから、いろいろ参考になるって先輩が感心してた。食べるの、やっぱ好きな人なんだろうな」

以前のようには食べられないだろうから、今はリハビリに徹しているに違いない。レビューした料理はどれも軽めのものばかりで、完食したかどうかには触れていない。それでもそれは大きな一歩で、彼女が歩くその先には『つつじ和菓子本舗』があるのだ。

「俺にもちょっと見せて。あ、『つつじ和菓子本舗』のページがある！　……また来てくれるかな。こられるようになると、いいんだけど」

多喜次はそう言って目を伏せる。

「多喜次くん、どうして白木さんが食べられていないと思ったんですか？」

確かに痩せすぎだとは思った。拒食症という言葉が脳裏をかすめなかったわけではない。それでも祐雨子には、本人に直接問うほどの確信はなかった。

「細いから」

「それだけ⁉」

「うん。摂食障害って九十パーセント以上が女性だっていうし、若い女の人に集中するだろ。学校でも、そういう子がいるんだ。中高と摂食障害でガリガリに痩せて、その子はそれでも〝もっと痩せなきゃ〟って思ってたんだって。何年も病院に通って少しずつ改善して、今は健康的に痩せられる料理を出す店が持ちたいって頑張ってる。真面目な子で、一途《いちず》で、……ちょっとその子と、雰囲気が似てたから」

「――雰囲気が、似てたんですか」

「うん」

うなずく多喜次の頭を、祐雨子はよしよしと撫でた。

「多喜次くん、お手柄でしたね」

「ちょ！　子ども扱いやめてよ！」

首を引っ込め手から逃れようとする多喜次に、祐雨子は笑いながらうなずいた。

「八つも下ですからね」

「年齢はどう頑張っても追いつけないから！」

「頭を撫でられるのは嫌いですか？」

「き、」

弾かれたように顔を上げた多喜次は、ぐっと喉を鳴らした。

「……嫌いじゃ、ないです」

ぐぬぬっと口を引き結んでうつむいた。なんだか悔しそうなその顔が心の奥をくすぐって、祐雨子は両手でわしゃわしゃわしゃと多喜次の頭を撫でる。

「多喜次くんはかわいいですねえ」

祐雨子の一言に多喜次は耳まで赤くなって怒ったようにそっぽを向く。けれど、祐雨子の手を振り払うそぶりはない。お客様がやってきて「仲がいいわねえ」と感心して声をかけてくるまで、奇妙なじゃれ合いは続いたのだった。

第二章

中華まんと和菓子職人

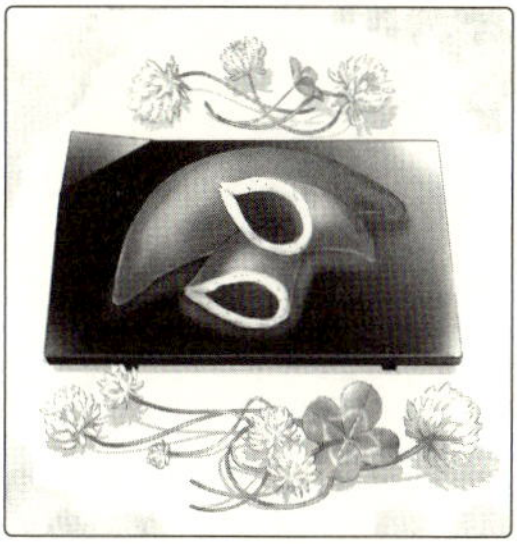

1

六月十六日は和菓子の日である。

「西暦八四八年の夏、仁明《にんみょう》天皇が御神託に基づいて、六月十六日に十六の数にちなんだ菓子、餅などを神前に供えて、疫病を除け健康招福を祈誓《きせい》し、「嘉祥《かじょう》」と改元したという古例にちなみます。@全国和菓子協会、和菓子の日」

ホームページの記述を読み上げ、ふむふむと多喜次《たきじ》は顎《あご》を撫《な》でる。今から一二〇〇年ほど前という驚くべき数字に和菓子の奥深さが垣間《かいま》見える。とはいえ、昔は菓子といえば木の実や果物をさし、今でもその名残で果物を〝水菓子〟と呼ぶ。中国から〝唐果子《からくだもの》〟が渡ってきて、日本独自の菓子が姿を見せはじめたのは平安時代だとされる。和菓子を大きく飛躍させたのは鎌倉時代の僧侶だし、和菓子の発展におおいに貢献したのは茶の湯であり、茶道とともに茶席に出される和菓子は、やがてなくてはならないものになった。

「……十六個の和菓子」

ショーケースに並んだ大量の和菓子を見て、それが和菓子の日がある六月用に作られたものだと確信する。やけに種類が多いなと思ったら、ちゃんと理由があったのだ。しかし、見る人が見ないとわからない、努力のわりには報われない行為だ。

「おやっさん、職人魂《だましい》すげえ」

相変わらず練り切り愛がすさまじいが、お客様が楽しめるようにと、抹茶《まっちゃ》、ゆず、レモン、さつまいも、苺《いちご》、カボチャ、シナモンと、いろいろと餡《あん》の味の幅を利かせているのも素晴らしい。多喜次はメモ帳を取り出して、商品を一つひとつ確認していく。量が多いから不安になって、こうして何度も読み返してしまうのだ。

「えっと、『紫陽花《あじさい》』の中身はこしあんで、表面はそぼろあんと錦玉羹《きんぎょくかん》。隣は、もっちりとしたういろうに甘く煮詰めた梅を丸ごと一つ包んだ『若梅《わかうめ》』。それから……」

メモには細かい作り方も記してある。だが、読み上げるのは味や食感だ。そこに独自の色を添え、和菓子がいかにおいしいかを伝え、売上に繋《つな》げるのが店員の手腕だ。

「……俺、職人志望なのに」

学校ではようやく調理室に入れるようになったが、割合はまだまだ実践より筆記が中心で、バイトでは接客と下働き。四月でバイトが一人やめたから調理場に入れるとばかり思っていたら、多喜次ではなく祐《たすく》の妻であり祐雨子《ゆうこ》の母である都子《みやこ》が入ってしまって、状況はいっこうに変化しない。

そのうえ、祐雨子はいまだ多喜次を子ども扱いする。

「頭撫でられて喜ぶ俺のバカ……!!」

だって気持ちいいんだもん、と、頭の中で天使がささやいた。きっとペアになる悪魔は、バカじゃねーのと呆《あき》れているに違いない。妄想さえはかどる不毛ぶりだ。

祐雨子の中ではきっと、多喜次はいつまでたっても小学生か中学生という認識なのだ。あの頃から彼女の態度がちっとも変わっていない気がする。

「格好いいところ見せなきゃ！　やっぱり男の子だねって言われるように——って！　男の子って！　男の子じゃねーし!!」

「うっせーぞ、多喜次！」

「す、すみませんっ」

調理場から祐に怒鳴られ、多喜次はわれに返った。

「……男の子……」

自分で言って虚《むな》しくなるが、祐雨子なら言いそうだ。自分の中でそんな認識だから、いつまでたっても一人前の男として扱ってもらえないのかもしれない。

そのせいで、プロポーズの返事さえもらえない。

否《いな》。今なら確実に「ごめんなさい」だ。だって男として見てもらえていないのだから。なんとかして評価を変えない限り、結果も変わらないだろう。

外はどんより曇り空。溜息《ためいき》まで湿ってくる。客足も鈍く、普段なら調子よく買われていく練り切りがいつまでもショーケースを飾っている。

「……早く祐雨子さんの休憩時間、終わらないかな……」

しかし、祐雨子の休憩が終わると多喜次が休憩を取ることになり、一緒にいられない。気分が浮上するどころか、よけいに沈んでしまいそうだ。

電話の音に顔を上げ、多喜次はレジ奥の電話を取る。

「お電話ありがとうございます。『つつじ和菓子本舗』です」

祐雨子の応対を思い出しながら多喜次は丁寧に店名を告げる。普段しゃべる以上に気を使うのは、相手の顔が見えないためだ。

『あの』

聞こえてきたのは女性の声。少しかすれ気味で張りがなく、それだけで高齢の女性の姿が思い浮かんだ。

「……ご不幸が……？　お、お悔やみ申し上げます。それで……」

なにやら問い合わせの電話らしい。多喜次は慌ててメモ帳をめくり、ペンを構えた。営業時間や場所を尋ねる電話はときどきかかってくる。葬式まんじゅうの注文が入ることもある。箱の説明、のし紙の名入れ、場合によっては紅白まんじゅうや青白まんじゅうを注文されることもあり、「葬式まんじゅうといったら白！」と思い込んでいた多喜次は混乱することも多く、それゆえ、聞き漏らさないようにと慎重になる。

名前と連絡先を尋ね、頭の中で地図を開く。届けるのに問題ない距離だ。だが、次の言葉でぴたりと動きを止めた。

「仮通夜《つや》？」

ってなんだ、と、多喜次が胸中でつぶやく。

『ああ、今はやらないお宅も多いのね。亡くなったその日に、親類や通夜のお手伝いに来てくれる近所の方を呼んでおこなう通夜よ』

「そ……そうなんですか」

彼女の家では身内だけで読経《どきよう》をするのだが、そのときに出すまんじゅうを探しているのだという。

「……中華まん……？」

多喜次が困惑声で彼女の言葉を繰り返した。

『ええ、中華まんじゅうがほしいの』

なぜ中華まん、と、多喜次はメモを取る手を止めた。故人が希望していたとしても異例のリクエストだ。そもそも和菓子屋で中華まんなんて扱っていない。

「も、申し訳ありません。お作りしていません」

『……そうですか。わかりました。すみません』

気落ちするような溜息とともに通話が切れた。多喜次は受話器を戻し、しばらく思案してポケットから携帯電話を取り出し『中華まん　作り方』で検索をかけた。

「わあ。クルクルパットすげえ」

肉まん、あんまん、カレーまんにピザまんと、大量のレシピが出てきた。あんまんならいくつか材料を買い足せばなんとかなりそうだ。多喜次はちらりとメモ帳を見てからあんまんの作り方を熟読する。

「……でも中華まんって、普通、肉まんのことだよな……？」

生地の作り方を読んでいる途中で気づき、メモ帳をポケットにしまって時計を見た。四時十五分。そろそろ遅めに取った休憩が終わり、祐雨子が下りてくる頃だ。耳をそばだてていると、階段を一歩ずつゆっくりと踏みしめるような足音が聞こえてきて、多喜次は少し緊張する。

格好いいところを見せなければ。できる男だとアピールしなければ。

「休憩ありがとうございました。遅くなってすみません。休憩に入ってください」

「あ、うん」

休憩を早めに切り上げて好印象、仕事熱心なところをアピール、と、今一番簡単にできそうなことを多喜次は心の中で呪文のように唱える。

「さっきの電話は?」

思い出したように尋ねられ、多喜次はポケットの上からメモ帳を押さえた。

「え……ああ、問い合わせ。中華まんの」

「中華まん?」

「なんか、不幸があって、仮通夜で中華まんがほしいって話でさ。でも、中華まんは作ってないから断ったんだ」

「仮通夜に、中華まん?」

やっぱり変に思ったのだろう。祐雨子が戸惑うように押し黙る。じっと思案する横顔を見ていた多喜次は、ふっと彼女に見つめられてどきりとした。

「それ、中華まんじゃなくて、中華まんじゅうじゃないですか?」

「中華まんじゅう? えっと、……そうだったかな」

慌ててメモを書いたから、メモ帳には〝ちゅうかまん〟というひらがなの走り書きしかない。だが、言われてみると電話の主は「中華まんじゅう」と口にしていた気がする。けれど多喜次には、中華まんと中華まんじゅうの違いがわからない。一瞬思い浮かんだのが、中華まんサイズのまんじゅうだった。

「中華まんじゅうというのは、北海道でいうところの葬式まんじゅうです」

「……葬式まんじゅう。それってあんまんとどう違うの？」

「全然違います。中華まんじゅうは『若鮎《わかあゆ》』に似た和菓子です。京都などで有名ですね。カステラ風の生地に求肥《ぎゅうひ》――お餅を包んだ、しっとりもっちりした一品です。鮎漁の解禁に合わせて出回るので、今ごろ店頭に並ぶお店が多いんですよ」

「あ、それ、食べたことある。目とか焼き印押してあるやつ。お土産でもらった」

「はい。その中身を餡にしたものを中華まんじゅうと言います」

食感を思い出す。求肥の代わりに餡。カステラ風の生地に、餡。それはつまり。

「どら焼き？」

「似てますね」

形は違うがイメージとしては合っているらしい。祐雨子がコクリとうなずいた。材料はこの上なく和菓子である。いやむしろ、完璧な和菓子だ。

「……それはもしかして、うちでも作れるってこと？」

「はい」

首肯《しゅこう》する祐雨子を見て、気落ちした電話越しの声を思い出し、多喜次はさあっと青くなった。調理場に駆け込み、せっせと酒まんじゅうの下ごしらえをしている祐に向かう。

「おやっさん！　すみません！　注文いいですか⁉」

「お、おう」

多喜次の剣幕に驚いたのか、ぎょっとしたように祐が手を止めた。

「引き出物に中華まんじゅう！　仮通夜とお通夜、両方に配るそうですー‼」


電話をし、平謝りで注文を受けた。仮通夜用の餡は足りたがお通夜用にはまったく足りず、そのうえ密閉用のシーラーはあっても中華まんじゅうを入れる袋も足りず、品質を保つための脱酸素剤にいたっては少量しか買い置きがない状態だ。もちろん箱も不足していた。そのため、多喜次は祐に言われ『花脇《はなわき》菓子舗』まで車を走らせた。高三の夏、合宿で免許を取っておいたのが役に立った。お年玉貯金を崩したのは痛かったし、不足分を心配する母から借りたときには大金におののいたが、和菓子職人になることに反対しつつも黙認してくれた父と、ひっそり応援してくれた母には今でも感謝している。

しとしとと降り出した雨のせいで辺りは薄暗く、まるで故人との別れを惜しんでいるかのようだった。もっとも、多喜次にはのんびりと空を眺めるほどのゆとりはなく、中華まんじゅうの材料と大量の空箱を運ぶのに駆け回っていた。帰る途中で新鮮な卵をごっそりと買い占め、ずぶ濡《ぬ》れになりながら裏口から調理場に入る。

仮通夜のことも知らなかったし、中華まんじゅうの注文でも迷惑をかけてしまった。なんとか挽回《ばんかい》しなければ——そんな思いで、多喜次の頭はいっぱいだった。

「遅くなりました！」

一声かけた多喜次は、見知らぬ男に気づいて動きを止めた。ゆるやかに波打つ茶髪、いかにも整えていますと言わんばかりの眉に切れ長の目、薄い唇は酷薄そうで、しかし、全体的な印象は美形と言っても過言ではない。女が好みそうな容姿だ。背も高いし、均整もとれている。和菓子屋の客としては異端の部類だろう。

けれど、そうではない。

Vネックのニットソーの首元からチェーンネックレスを光らせる彼は、ジーンズというラフな格好に白衣をつけ、和帽子をかぶっていたのである。

「だ、誰……!?」

そもそも男は店内ではなく調理場にいて、せわしなく働く祐雨子をじっと見つめていた。

「多喜次、突っ立ってないでこっちに運べ！」

「は、はい！」

祐の声にわれに返って大量の小豆《あずき》を運び入れる。見知らぬ男と視線が合った。どこかで見た覚えがある——そう思いながらも多喜次が軽く会釈《えしゃく》をすると、男は多喜次を無視するようにそっぽを向いた。その一瞬で男の評価は地の底まで落ちた。

「すまないな、柴倉《しばくら》。来たそうそう、頼んじまって」

「——いえ」

ボソリと返す態度の悪いこの男、どうやら柴倉というらしい。柴倉は仕方がないと言わんばかりに溜息をつき、手を洗ったあとざっと小豆をザルに流した。異常がないか確認していく指先には迷いがなく、それどころか多喜次の倍の速度で選別していく。

「そっち終わったらこっちも頼む」

祐の言葉に男がちらりと顔を上げた。そこには焼けた鉄板が待っていた。つまりこの男、和菓子作りに参加させてもらえるらしい。多喜次がずっとずっとやりたくてやらせてもらえなかったことを、来たばかりの男が。

「お、俺もなにか手伝います！」

「お前は早く荷物運べ！　箱詰め急げ！」

「え、はい！」

そっちじゃないのにと思ったものの、時刻はすでに五時を過ぎている。仮通夜は六時からという話だから、いくら帰りに渡すものだとしても時間が差し迫っていた。

鉄板に並んだ少し楕円《だえん》気味の生地は、一見するとパンケーキのようだった。片面を丁寧に焼き、長細く整えられたこしあんを中央にのせて二つに折る。その後、独特のカーブをつけるため専用の道具に押しつけるのだが、今回は急場しのぎでボウルの側面を利用していた。焼き上がった中華まんじゅうは扇風機で風をあて、冷めたものから脱酸素剤とともに次々と袋詰めされる。

「って、でか！」

どら焼きの半分かと思ったら、それよりはるかに大きい。しかも一箱五つ入りだ。あまったら翌日に回すからと多めに二十箱の注文が入ったので、今日は暇だと呑気《のんき》に構えていた調理場が修羅場と化していた。おまけに五時を前に急に来客が増え、祐雨子は接客に追われている。かくいう多喜次も、休憩を取らぬまま走り回っていた。

「すみません、『水無月』と『湯の道』の追加お願いします！　それから、薄皮まんじゅうがもうすぐなくなります」

普通なら売れ残りを出さないようにショーケースの中の和菓子を調整していく時刻だが、『つつじ和菓子本舗』は少ないなりにも商品を並べておくスタンスだ。だが、調理場の状況を考えると、とてもではないが不可能だろう。

祐は口を開き、いったん考えるようにして柴倉を見た。

——まさか、と、思った。

まさか来たばかりの男に頼むだなんて、そんなことは——。

「柴倉、作れるか？」

祐の問いに多喜次は絶句する。素人相手に、祐はこんな質問はしない。仕事を安心して任せられる技術があると知ったうえで問いかけているのだ。

腹立たしいことに、柴倉は少し考えるような仕草をした。できるけど面倒臭い、そんな思いが態度から透けて見える。多喜次が無言で睨《にら》んでいると、視線に気づいたらしい柴倉が軽く肩をすくめて祐を見た。

「どんなやつですか？」

やっかみだとわかっていても、祐から簡単なレクチャーを受ける柴倉が羨《うらや》ましくてならなかった。中華まんじゅうを箱詰めする多喜次から数歩離れただけの場所で、柴倉が慣れた手つきで和菓子を作りはじめる。祐ほど完璧ではないものの、それでも多喜次を驚愕《きょうがく》させるには十分な腕前だった。合間に祐の手伝いまでやってのけ、態度は悪いもののスペックの高さを存分に見せつけてきた。

嫉妬《しっと》と羨望《せんぼう》で身もだえしていた多喜次が次に頼まれたのは配達だった。

「祐雨子、一緒に行ってやれ」

いつもなら小躍《こおど》りの多喜次だが、さすがに今日は素直に喜べない。

「俺一人で大丈夫です。場所、わかりますから」

慌ててそう告げたが祐は許可してくれなかった。信用されていないのだと気づいたときには、もうなにも言えなかった。できあがったばかりの葬式まんじゅうをバンにのせ、多喜次は祐雨子と一緒に店を出た。免許は取ってあっても、買い出し以外の私事《わたくしごと》は自転車と電車で移動する多喜次は、当然ながら祐雨子を助手席に乗せて走った経験がなかった。そのうえ辺りは暗く、雨が降っていて視界も悪く、事故を起こしたら一大事と、いつも以上に緊張した。雑談をしながら運転だなんて余裕はない。

ガチガチになりながらナビの案内で車を走らせ十五分。目的地である鷹橋《たかはし》家の近くにやってきた。後続車がないことを確認して徐行していると、ナビの指示通り右手に『鷹橋』の表札のかかった広い庭の家が見えた。

「ここみたいですね」

祐雨子が地図を確認すると、多喜次はほっと安堵《あんど》し、いったん家の前を通り過ぎると来た道を引き返してコインパーキングに車をとめた。

「祐雨子さんはここにいて。俺、届けに行ってくるから」

「私も行きます」

止める間もなく祐雨子が車から降り、後ろに回るとリアゲートパネルを開けてさっとその下にもぐり込む。五箱入りの袋を二つ持ったのを見て、多喜次は慌てた。届けるのは全部で二十箱。半分を祐雨子に持たせるだなんてとんでもない。

「祐雨子さんは一袋でいい！　あとは俺が持つから！」

強引に奪うと祐雨子はきょとんとし、すぐにポンと手を打った。

「そうですね。傘をささなきゃですもんね」

納得した祐雨子が透明の傘を開く。そして、器用にリアゲートパネルを閉めた多喜次にくっついてきた。

「え⁉」

「濡れると大変ですから」

にっこりと間近で微笑《ほほえ》まれ、ちょっとくらくらした。なんだか甘い香りがするのは気のせいだろうか。深呼吸してわれに返り、ぴたりと息を止める。そのままぎくしゃくと歩いていると肩がぶつかって、多喜次は慌てて距離をとった。すると祐雨子がびっくりしたように多喜次にくっついてきた。

「濡れたら風邪ひいちゃいますよ⁉　六月だからって甘く見ちゃだめです！　ほら！　も

っと近く！」

——純粋な善意ほど面倒なものはない。確かに今日は朝から曇り空で、途中から雨も降ってきて肌寒かったが、近すぎる距離はそんな寒さなど一瞬で吹き飛ばしてしまう。

「う……うう、アリガトウゴザイマス」

「あ」

「な、なに⁉」

「多喜次くん、背が伸びたんですね」

見上げてくる祐雨子がかわいくて抱きしめたくて、脳みそがグラグラした。

「こうしてると、あったかいですね」

続く嬉《うれ》しそうな微笑みに鼓動が跳ねた。腕を組むようにからめられ、多喜次は耳まで赤くなる。街灯が少なくて本当によかった。乱れた鼓動に気づかれたら下心まで気づかれてしまいそうで冷や冷やする。緊張して唇を嚙《か》みしめ前だけを見て歩いていると、ちらちらと祐雨子の視線を感じてますます狼狽《うろた》えた。早く鷹橋家に着きたいような、永遠にこのまま歩いていたいような、複雑な気持ち。普段は多弁な多喜次も無言になってしまった。

かちこちに固まりながら鷹橋家に着くと、すぐに品のいい着物姿の老婦人が玄関を開けた。見たことがある——そう思ったとき、五月のはじめ、ちまきを買い求めてくれた人だと気づいた。祐雨子がひ孫の初節句に気づき、菖蒲《しょうぶ》と蓮《はす》を渡したので印象に強く残っていたのだ。

祐雨子もそれに気づいたのだろう。傘を閉じ、丁寧に頭を下げた。

「先日はありがとうございました。このたびは、お悔やみを申し上げます」

老婦人――鷹橋みつ子《こ》は少し驚いたように祐雨子を見て、慌てて頭を下げる多喜次に目尻を下げた。

「先日買わせていただいた和菓子がみんなに好評だったから、中華まんじゅうをお願いしたの。急な話でごめんなさいね」

「いえ。遅くなってしまって申し訳ありません。お確かめいただけますか?」

祐雨子が見本として袋詰めにされただけの中華まんじゅうを手渡すと、みつ子は袋の上からそれを撫で、懐かしそうに目を細めた。

「主人も私も、北海道出身なの。いろんなところに住んだけど、やっぱり故郷が忘れられなくて……ごめんなさいね。大変だったでしょ?」

そう言って、みつ子は気遣わしげな視線を向ける。家の奥からは不思議と穏やかな話し声が、雨音を縫うように聞こえてきた。

中華まんじゅうの入った袋を玄関先に置き、多喜次と祐雨子が会釈する。

「明日もよろしくお願いします」

一瞬、なにか言いたげな顔をしたみつ子は、言葉を呑《の》み込むようにして頭を下げた。

2

夜。

「おい、タキ。今日から柴倉を泊めてやってくれ」

大量の小豆を洗い終え、ぱんぱんに張った肩をもみほぐしていたら祐に声をかけられた。

「え、泊めるってどこに？」

「二階だ。二人くらい住めるだろ？」

「住むって……中華まんじゅう作るの手伝いに来ただけじゃないんですか⁉」

「誰がそんなこと言った？　柴倉はお前と同じ住み込みバイトだ」

二人も雇える経営状況を喜ぶべきなのかもしれない。しかし、バイトを募集していたことすら知らない多喜次にとっては寝耳に水だ。

「ああ、布団一式買わなきゃならんな。タキ、お前のもついでに買うか？　いつまでも祐雨子のお下がりじゃ嫌だろ？」

二階にあるのは、六畳の部屋が二つと押し入れだ。手前の部屋は未使用の箱や和菓子の道具、冷蔵保存する必要がない食材などが置かれる物置で、奥が多喜次の部屋になっている。物置は通路があるだけで生活スペースは存在せず、「二人くらい住めるだろ?」という祐の言葉は、必然的に多喜次と同室を前提にした問いになる。

けれどそんな問いよりも、「祐雨子のお下がり」という一言にテンションが上がった。

「あ、あれ、あの布団、祐雨子さんのお下がりなんっすか⁉」

「こっちに泊まり込んでるときは使ってたからな。鍵屋《隣》に貸してたときもあったが、もとは祐雨子のもんだ」

シーツは白で布団カバーは緑、枕カバーは布団カバーに合わせてあったし、毛布はモノトーンで限りなくシンプルだった。だから、祐が使っていたものだとばかり思っていた。しかし、よくよく考えると彼は一度として店に泊まったことがなかったのである。

「ゆ、……こ、……さ、の……ふ、と、ん……‼」

知らずに三カ月も使ってしまった。もっと香りを堪能しておくべきだった。いやしかし、思い返すとほんのりいい香りがしていたような気がする。

「あれはまさしく、祐雨子さんの、た、た、たい、しゅ……‼」

「お、落ち着け、タキ。そりゃ柔軟剤のにおいだ」

「ですよねー」

ちょっと冷静になった。

しかし、彼女が寝ていた布団であることに間違いない。そんなことを聞いてしまったら今日は興奮して眠れないかもしれない。明日も早朝から店を手伝わなければならないのに寝不足になってしまっては大変だ。

平常心、平常心。

「じゃあ今日はなんとかしのいでくれ。車の中に積んであった毛布一枚置いておくから」

「はい！」

勢いで見送った多喜次は、店内の施錠《せじょう》を確認している柴倉に気づいてぎょっとした。

「なんでお前ここにいるんだよ⁉」

じろりと柴倉に睨まれ、祐に住み込みバイトだと言われたのを思い出す。多喜次のほうが先にバイトに入っていたとはいえ、はじめての同僚だ。しかもこれから寝食をともにする相手だ。仲良くしたほうがいいに決まっている。いくら祐が認める腕前だからって、来たその日に調理場に立つことを許されたからって、八つ当たりするのはみっともない。

「し、柴倉さん、本当にここに住むんですか？」

笑顔が引きつっているのを自覚しつつも、多喜次は努力して温和に尋ねた。

「お金ないから住み込み希望なんで」

対し、柴倉は不機嫌顔を改めようともせずぼそりと答える。つまり立場は多喜次と同じ。

「俺も金欠で。実家よりここのほうが調理師専門学校から近いのもあって、住み込みでバイトしてるんです。柴倉さんは、和菓子職人なんですよね？」

一番気になることをストレートに訊《き》いてみた。が、柴倉は、調理場の片隅《かたすみ》にいつの間にか置かれていた黒いボストンバッグをさぐりつつ、いっこうに答えようとしない。

「柴倉さん？」

「……いくつ？」

「え？」

「年齢。いくつ？」

「十八ですけど。高校卒業したばっかり」

「じゃあ俺と同じだ。敬語面倒だからいいよ。それよりタキ、風呂どこ？」

いきなり呼び捨てかよ、っていうかなんか上から目線!?　と、多喜次は胸中で突っ込む。それとともに、同い年にもかかわらず、職人としての腕を持つ柴倉に愕然《がくぜん》とした。

「風呂がないんだけど……聞こえてる？」

「ふ、風呂は、駅前の銭湯《せんとう》」

さすがに「兄の家に借りる」とは言い出せず、多喜次は動揺をごまかしつつ告げる。

「銭湯っていくら？」

「一回四百円」

多喜次の言葉に柴倉の顔が引きつった。一回四百円、三十回入れば一万二千円。ごくまれに使うだけならたいした金額ではないが、毎日となるとかなり痛い出費だ。家に風呂があることのありがたみを痛感するし、風呂を我慢して食費や修業の糧《かて》になにか役立つものをと考えてしまう。

「……………」

柴倉が流し台の前で熟考するのを見て多喜次は仰天した。

「使うなよ⁉　絶対使うなよ⁉　おやっさんに絞め殺されるぞ！」

語調を乱し、多喜次が柴倉を止める。多喜次も心惑わされた時期があったが、なんとか踏みとどまった。流し台は禁断の領域だ。風呂場代わりに使ったら間違いなく破門だ。そもそも調理場は神聖な場所で、よこしまなことを考えるだけで逆鱗《げきりん》に触れかねない。青くなる多喜次に柴倉は渋々と流し台から離れた。

「食事は？」

基本は無言か単語しか話せないのかと疑いつつも多喜次は言葉を返す。

「豚汁と売れ残りの赤飯《せきはん》」

「……それだけ？」

「昼間ならおばさんが何品かおかず作ってくれるけど。だし巻き卵とか、きんぴらとか、野菜炒めとか、麻婆豆腐とか。でも基本は俺が作った豚汁。トッピングに刻みネギと追加の生姜《しょうが》もあるぞ。いやなら自腹でなにか食べてこいよ」

大きめの鍋《なべ》にニンジン、ゴボウ、大根、里芋《さといも》、豚肉、こんにゃく、安く購入したキノコ類など、適当な具材を入れて合わせ味噌《みそ》を溶かし、たっぷりの生姜で仕上げる一品だ。飲めば体はポカポカとあたたかく、大量の具材のおかげで腹も膨れる最高の料理だ。調理師専門学校に通う身で言うのもなんだが、雑に作ってもそれなりにおいしいところがありがたい。一度作ったら評判がよく、以降は寒い日の定番メニューになった。あたたかくなってそろそろ打ち止めだから、食い納めでもある。

「文句言うなよ。金ないんだろ？」

先に風呂に入ることになって、多喜次と柴倉は雨の中、傘を片手に駅へ向かった。肩を並べると身長差が顕著《けんちょ》になる。柴倉は百八十センチ近い。しかも細い。古くてちょっと暗い銭湯の脱衣所ではっきりとわかるくらい筋肉質だ。いわゆる細マッチョというやつだ。プライドがざくざくと傷ついていく。

多喜次は思わず腕を見た。大胸筋《だいきょうきん》は負けているが、上腕《じょうわん》二頭筋は勝っている気がする。

「よくやった、俺の上腕二頭筋！」

「行かないの？」

感動に水をさされた。

――『花城《はなしろ》大浴場』のシステムは簡潔だ。入る前に料金を払う、これだけだ。ロッカーは無料、置いてある備品も基本的に無料で使っていい。誰かが置いていったシャンプーだとか石鹸《せっけん》だとかも、もちろん勝手に使って問題ない。もともとがそういうシステムなので、気のいい人がシャンプーボトルを置いていってくれたりする。

イケメンなうえにスタイルのいい男は、立ち居振る舞いも堂々としたもので、あっという間に周りに馴染《なじ》んで洗い場の一つに陣取ると手早く体を洗いはじめた。

柴倉は、頭のてっぺんから爪先《つまさき》まで泡だらけにし、豪快に湯をかぶる。

「柴倉ってどこの和菓子屋で働いてたんだ？」

そう訊いてみたが、柴倉は返事の代わりにもう一杯湯をかぶり、さっさと多喜次から離れていった。コミュニケーション力が欠落している男は、ジェットバスに入るなりバシャバシャと足を動かした。溜息をついた多喜次は、全身くまなく洗ったあと乳白色の浴槽に向かう。柴倉はジェットバスから六月限定のどくだみ湯に移動していた。袋がいくつか浮いていて、全体がほんのりと茶色だ。打たせ湯で遊ぶ子どもたちの声を聞きながら目を閉じ、もう一度、昼間見た柴倉の動きを思い出す。餡を練り切りで包む指先の優雅さ、和菓子を作るときに欠かせない三角棒の動きには迷いがなく、掌中《しょうちゅう》で次々と生まれる花は可憐《かれん》で繊細だった。

「おーい、柴倉ー」

腰を上げて彼に声をかけると、ちらりと視線だけをよこしてきた。同い年で敬語もいらないと言ったくせに、相変わらず態度が悪い。

「なんで風呂に入るときまでネックレスはずさないの？」

多喜次の問いに、柴倉はなにも聞こえないと言わんばかりに顔をそむけた。やっぱり感じが悪い。むっとして口をつぐんだら、それ以降、一言も口を利かないまま銭湯を出ることになった。訊かれたくないことは誰にでもあると反省し、帰り道で謝罪したら、そのときだけは「怒ってない」と返ってきた。

店に戻り、豚汁とごはん、漬け物という質素な食事をとっているあいだも柴倉は口を閉ざしたままだった。いろいろ話しかけるも全部みごとにスルーされた。雑談すらする気はないらしい。再びむっとしたが、注意する気にもなれず多喜次も無言になった。

が、二階に行くと態度が一変した。

「は？　ここで寝るの？」

六畳のスペースに箪笥《たんす》や日用品を置けば、部屋はそれなりに狭くなる。思わずといった様子で口を開いた柴倉に、多喜次はにやりとした。

「喜べ。布団は一組だ」

「……いや、意味わからないし」

意味がわからなくても事実は変わらない。寄り添って寝るなんてとんでもないが、布団がないのも辛いので、多喜次はおとなしく布団を敷いた。縦ではなく横に。枕も一つしかないからもう一つは座布団を二つ折りにした。本来一人で縦に寝るところを二人で横に寝るのだ。体の一部が布団の外に出てしまうが致し方ない。祐から渡された毛布で足の部分をカバーし、明かりを消してゴソゴソと布団の中にもぐり込む。すると柴倉は仕方ないと言わんばかりに溜息をついて多喜次の隣に転がった。

「……」

ずずっと布団を引き上げて深呼吸する。祐雨子の残り香《が》があるのではないかと変態チックにドキドキした多喜次は、

「なあ、そういえばお前の名前は？」

フルネームを知らないことを思い出し、柴倉に声をかけた。しかし、返ってきたのは静

かな寝息だった。寝つくのが早すぎる。呆れて肩をすくめた多喜次は、聞こえてきた雨音に顔を赤らめた。中華まんじゅうを運ぶため、祐雨子と腕を組むようにして歩いたときのことを思い出したのだ。触れた場所がいまだ熱をはらんだように熱い。

「ヤバい。眠れないかもしれない」

多喜次はぎゅっと目を閉じる。すると、鮮明に脳裏に浮かぶのだ。

——こうしてると、あったかいですね。

ささやいて、微笑む彼女の姿が。明日も早いのだから眠らなければならないのに、気持ちだけが突っ走ってちっとも休もうとしてくれない。

多喜次は一人、途方に暮れるのだった。

お通夜は、仮通夜以上に大騒ぎだった。弔問客《ちょうもん》はそれほど多くないと言ったみつ子から中華まんじゅうを百箱頼まれたのだが、その人数は彼女の予想をはるかに上回り、倍の注文が追加で入ったためである。

「会社にはしょっちゅう顔を出していたけど、いつも部屋に籠《こ》もりきりな人だったから、こんなに会いに来てくださるとは思わなかったの」

と、少し困った顔をしながらも嬉しそうに彼女は言った。

そんなこんなで、『つつじ和菓子本舗』は通常の営業に加え、職人二人が立ったまま食事をとりつつただひたすら中華まんじゅうを焼き続けるという、店内のまったり具合とは裏腹な修羅場を演じていた。ちなみに寝不足の多喜次も頭の中は修羅場だった。

「なんで俺だけ接客……」

鍵師《かぎし》二人が出かけているのでお茶券の販売もなく、調理場に手伝いに行こうとすると邪魔だから店番をしていろと言われる始末。唯一任されたのが配送というのが切ない。

翌日は朝から学校で、帰ってくると柴倉が接客の真っ最中だった。

だが、やる気のなさがありありとわかるほどなにも話さない。普通ならお客様が和菓子を気にしていたらすかさず説明に入るのに、ただ黙って立っているだけなのだ。それにもかかわらず、来店中のおば様には好意的に見られていた。

「新しいバイトの人？　背、高いわねえ。いくつ？」

「学生さん？　若いわねえ」

「やだ、こんな子がいるなら毎日でも通っちゃう」

——モテモテだ。多喜次がバイトに入って一度だって聞いたことのない台詞《せりふ》が飛び交っている。

「和帽子が似合うわねえ」

確かに柴倉は腹立たしいことに和帽子が似合う。祐のような〝職人〟ではなく、ビジュアル系の〝料理男子〟風だが、実際の乙女も、心の中が乙女な人たちも、騒いでも仕方ないと思うほど似合う。

会計を終え上機嫌で去っていくおば様たちを、作り物のような笑顔で丁寧に見送った柴倉は、右腕で左肩を押さえつつふうっと息をついた。

「お、お疲れ様です」

とりあえずねぎらってみた。すると柴倉は不愉快そうな顔で多喜次を見てから「ドウモ」とだけ返してきた。なぜカタコト。なぜ警戒気味。あっさりと笑顔を引っ込めた柴倉に多喜次の口元が引きつった。銭湯で話しかけて以来、あからさまに避けられている。

「祐雨子さんは?」

当たり障りのない話題を出して様子を見ると、柴倉は少し間をあけて口を開いた。

「買い出し」

「いつ帰ってくるか聞いた?」

「いや」

そして、沈黙。

多喜次は当惑の視線を柴倉に向ける。接客態度も悪いなら雇い主である祐への態度もさんざん――もちろん、多喜次に対しても同様だ。やる気があるのかと問いつめたくなる。いくら無口なタチだからといって、接客業が無言ではよろしくない。

「商品に関してはおやっさんに聞いてるだろ？　ただ買うだけなら個人店に来なくてもいい。お客様は『つつじ和菓子本舗』の味に惹《ひ》かれて来てくれてるんだ。だったら――」

「おやっさんって？」

思いがけないところで話の腰を折られて多喜次は柴倉を睨んだ。

「師匠って呼んだらガラじゃねえって怒られたんだよ。おじさんじゃしまりがない、社長だと返事してくれなくて、だから、師匠のことは、おやっさんって呼ぶようになったんだ」

ちなみに以前修業に入っていた平間《ひらま》は「祐さん」と呼んでいた。祖母の家の隣で和菓子屋をやっている「おじさん」という認識だった多喜次には「祐さん」呼びはちょっとハードルが高かったのだ。もういっそ、諸々《もろもろ》を飛び越えて「お義父《とう》さん」と呼んでしまいたい。

「ふーん……祐さんのことか」

「……!!」

さらっと名前で呼ぶ柴倉に多喜次は愕然とする。一体全体この男、何者なのか。しかし一方的に尋ねたら無視された前科がある。ここはフィフティー・フィフティーだ。

「淀川《よどがわ》多喜次、梅ヶ谷《うめがや》調理師専門学校一年、十八歳！　将来の夢は和菓子職人！　『つつじ和菓子本舗』には去年から手伝いに入って、三月から本格的に修業中！」

きりっと自己紹介したら「ふーん」という言葉が返ってきて沈黙が続いた。

一方的にはじめた自己紹介は、一方的に終わってしまった。

「ふーんじゃなくて、お前は!?　自己紹介！」

「あー、……柴倉デス。二日前からバイトに入りました。ヨロシクー」

ものすごくやる気のない自己紹介が、あっという間に終わった。気怠《けだる》げな態度がイケメン風を吹かせているので、そんな怠惰《たいだ》な姿勢でも格好良く見えてしまう。多喜次は無言で柴倉に背を向け、柱を両手で打った。

「イケメン様か……っ!!」

なにをしても許されそうな空気が羨ましい。もとい、気に入らない。

同い年でもバイトに入ったのは多喜次のほうが少しばかり早い。ということは、一応は多喜次のほうが先輩になる。先輩は敬うものだ。

「いや待て、俺のほうが技術的には下だから、俺が後輩になるのか？」

確実に経験者だとわかるだけにどこから注意していいのかわからない。ぶつぶつと自問自答していると、「ぶっ」となにかを噴き出すような音が聞こえ、多喜次は慌てて振り返った。しかし、柴倉は多喜次から顔をそむけ明後日の方角を見ている。かすかに肩が揺れているような気がして顔をしかめていると、「ただいま戻りました」と、調理場から祐雨子の声がした。

「あ、多喜次くん。お帰りなさい」

店内を覗《のぞ》き込んだ祐雨子にふんわりと声をかけられ、多喜次の顔が無意識にほころんだ。

「ただいま。祐雨子さんもお帰りなさい。……なんかいいことあった？」

「聞いてくれますか、多喜次くん！」

ぱっと祐雨子の表情が明るくなる。彼女は手にしていたビニール袋から新聞紙にくるまれたものを取り出した。

「これです、これ！　天然から養殖です！」

新聞紙を取りはずすと、たい焼き器が出てきた。一匹だけ焼くものを天然と呼び、複数同時に焼けるものを養殖と言うらしい。祐雨子が手にしていたのは二匹同時に焼けるたい焼き器、つまりは養殖ものだ。

「中古なのです！」

よほどお手頃価格で手に入ったのか、祐雨子の頰《ほお》が紅潮していた。かわいいなぁと見つめていると、多喜次の頰も自然とゆるんだ。

「バリエーション考えないとだね」

多喜次が告げると、「カスタードと苺」と、ぽつりと聞こえてきた。聞き間違いかと柴倉を見ると、

「他には？」

ずいっと祐雨子が詰め寄った。驚いて逃げようとする柴倉の腕を摑《つか》み、まっすぐ彼の顔を覗き込む。近い。すさまじく近い。まるでキスをねだるかのように軽くかかとをあげる祐雨子に、多喜次はめまいを覚えていた。さすがの柴倉もたじろいで、かろうじて上半身をのけぞらせるようにして視線を逸《そ》らした。

「ま、抹茶クリーム、チョコカスタード。冬なら干し柿とか」

観念したのか柴倉があえぐように言葉を継いだ。彼の顔が心なしか赤い。それを見たら反射的に二人を引き離していた。

「そんなアイディア、俺にだって出せる。干し柿がいけるなら、梅あんだっていいだろ」

思わずぶっきらぼうな物言いになってしまった。

「もう一声！」

興奮気味の祐雨子の言葉は、多喜次ではなく柴倉に向けられたものだ。どうしてこいつなんだ、そう思ったら、自分の不甲斐《ふがい》なさを思い出して胃の奥がムカムカとしてきた。

柴倉はちらと斜め上を見て、すぐにまっすぐ祐雨子の目を見つめ返した。

「生地に抹茶を入れて、中身はカスタードクリームとか。紅茶とか、サツマイモ生地でもいいと思うけど」

抹茶たい焼きなんて実際に売られているじゃないか。紅茶だってサツマイモだって、とりたてて珍しい食材じゃない。けれど、餡ばかり見ていて生地をいじろうだなんて毛ほども考えなかった多喜次は、あっさりと返す柴倉に打ちのめされていた。

「サツマイモ生地、いいですね！　みんなに喜ばれそうです。紅茶は若い女の人に人気が出そうです」

祐雨子の手放しの賛辞に、柴倉がまんざらでもなさそうな顔をする。それがやっぱり気に入らない。すっと目を伏せた柴倉が、たい焼き器を手にして首をかしげた。

「……ヒンジががたついてる」

「あ、本当ですね。だから安かったのかも」

「直そうか？」

思わず出てしまったという柴倉の言葉。祐雨子は驚いたように柴倉を見たが、すぐににっこりと微笑んだ。

「直せるんですか？　柴倉くんはなんでもできるんですね」

和菓子が作れて、愛想が悪いのも含めて女性客に大人気。おまけに気が利いていてイケメン。

多喜次は優秀すぎる同僚に、得体の知れない気持ちを抱くのだった。

3

「ど、どうも」

定期的にやってくるお客様が何人かいる。いわゆるお得意様である。

どうもくんこと堂元勲《どうもといさお》もその一人。今日は天気予報通り朝から快晴で気温も高く、どうもくんも厚手のシャツから半袖のシャツに替わっていた。しかし、いつもと変わらず暗色系だ。黒、紺、濃紺の三色が彼の世界を統《す》べている。

どうもくんはショーケースの前に来るなり、ぎょっとしたように立ち止まった。品数に驚いているのが、その横顔から見て取れる。

「おすすめは『若梅』です！　中に梅の甘露煮《かんろに》が丸々一つ入っているんです。ほのかな酸味に絶妙な甘さ！　その梅を白あんで包み、ほんのり色づくういろうでくるんであります。甘いのが苦手な方でもおいしく召し上がっていただけると思います」

「梅の、甘露煮」

「はい。癖がなくてまろやかですよ。そのままでもとってもおいしいんです。口の中に爽《さわ》やかな初夏の風が吹きます」

思い出して身もだえする祐雨子を見て、どうもくんはほんわかと微笑んだ。もともとあまりいい経緯で仲良くなったわけではないけれど、今ではすっかり茶飲み友だちである。

「待っててください。私、休憩もらってきますね」

調理場に行こうとしたら、柴倉が店内を覗き込んでいた。

「柴倉くん、すみません」

声をかけると手招きされた。不思議に思って近づくと、そのまま調理場の入り口まで腕を引かれる。

彼は店内で待っているどうもくんを見つめ、ちらりと祐雨子に視線を戻した。

「あの男、なに？」

慎重に、言葉を選ぶように、柴倉が尋ねてきた。意味がわからずきょとんとする祐雨子を見て柴倉はいったん口を閉じ、迷うようなそぶりのあとボソリと言葉を続けた。

「なんか、変な目で祐雨子さん見てるみたいだけど」

祐雨子は柴倉の言葉に驚いた。変な目、という表現がとても意外だった。

祐雨子はにっこり微笑んで「大丈夫です」と返す。

「茶飲み友だちですから。少し休憩をいただくので、店番をお願いします」

「……わかりました」

腑《ふ》に落ちないという顔をしながらも柴倉がうなずく。

柴倉は一見すると無愛想に見える。けれどたぶん、人と接するのが苦手というタイプではないだろう。お客様の会話にじっと耳を傾ける姿を見る限り、話しかけたいけれどあえて黙っている、そんなふうに思えてならなかった。それどころか、しゃべるのが好きなのに我慢しているようにすら見えてくる。

「さっきの男の人、新しいバイト?」

鍵屋に入ってお茶券をこずえに渡したあと、どうもくんはこっそりとそんなことを訊いてきた。ひかえめな彼は、声も少しだけ小さめだ。

「はい。新人さんですが、職人としての経験値はすごいです。どこか別の和菓子屋さんでお仕事をされていたのかもしれません」

出されたお茶を飲みつつ、和菓子の感想を聞きながらのんびりと語り合う。とはいえ、柴倉の話が終わると、話題の中心は店頭に並んだ大量の和菓子になった。興味はあるけど買う勇気はない、というのが彼の本心で、確かに十六種類すべて一度に買っていった猛者《もさ》様はほんの数人しかいない。実際、見た目は華やかだがある程度人数が集まらないと食べきれない量だ。常温で一日もつとはいえ、それでもやはり購入には二の足を踏んでしまう。よく顔を見せてくれるお客様だって一日おきに来るほど頻繁ではないので、「おいしそうだけど食べきれないわねえ」と残念そうだった。

「改善の余地がありますね！」

祐雨子が握り拳《こぶし》で意気込んでいると、どうもくんはなんだかまぶしそうに微笑んだ。

「あ、すみません。楽しいお茶の時間にお仕事の話なんて……」

「い、いえ、そんな。楽しかったです」

オロオロと訂正され、お互いに「楽しかったのなら」「じゃあ問題ないですね」と、またのほほんと微笑みあった。そんな感じでどうもくんと別れ、こずえにお礼を言って裏口から店に戻ると、柴倉が接客の真っ最中だった。どうもくんに話した通り、柴倉の成形技術はかなり高い。父にそれとなく彼の来歴を尋ねてみたら「個人情報だ」とあっさり断られてしまった。

たい焼きの案が即座に出てくるところや成形技術を見る限り、知識も十分にある。そして、接客時には本人もしゃべりたそうにしているのに黙っている――。

「……不思議な人ですね」

なんだかちぐはぐだ。多喜次とぎくしゃくしているのも気がかりで、祐雨子は物陰《ものかげ》に隠れてじいっと柴倉を観察した。和菓子を箱詰めする様子や、おつりを渡すときそっと手を添える仕草から見ても気遣いのできる人に違いない。なのに、妙な壁を感じてしまう。

考え込んでいると、お客様を見送った柴倉がくるりと振り返った。

「なに？」

「——柴倉くんって何者ですか？」

「……ただのバイトです」

柴倉が警戒をあらわにした。ただのバイトでないことなんて本人が一番よくわかっているはずなのに、それでも語りたくないらしい。

「柴倉くんは和菓子職人ですよね？　それも、かなりきちんと修業した」

多喜次と同年代でこの技術なら、子どもの頃から叩き込まれていたに違いない。修業の続きで『つつじ和菓子本舗』に来たと考えられなくもないが、これだけの技術があるのなら、よほどのこだわりがなければもっと待遇のいい店に就職するのが自然な流れだ。経営難である和菓子屋も多いが、後継者不足にあえぐ和菓子屋もまた多い。技術と知識があるのだから、真面目に働くことで自分の店を持つことだってできるだろう。

「修業なんてしてません。俺、和菓子嫌いですから」

意外なことに返答があった。

和菓子嫌いの人間は珍しくない。多喜次ももともとは和菓子嫌いだったし、先刻一緒にお茶を楽しんだどうもくんも和菓子が苦手だったりする。白猫の雪《ゆき》目当てに鍵屋にやってくる飛月《ひづき》少年も、和菓子——とくにあずきには強い拒絶反応を示す一人だ。

だから柴倉が和菓子嫌いと聞いてもそれほど驚かなかった。和菓子職人がみんな和菓子好きとは限らない。技術と需要があり仕事として成り立ったからと、割り切った考えで働く人間だっているに違いない。

けれど、柴倉を見ているとなにか違う気がするのだ。

「……どうしてそんなに俺のことが知りたいんですか？　ただのアルバイトなのに」

「迷惑でしたか？」

柴倉の瞳を覗き込みながら真剣に問うと、彼はぐっと眉根に力を入れた。

「——そういうのは、よくないと思います。男は単純だから誤解する」

「えっ」

唐突な柴倉の指摘に祐雨子は困惑する。なにか誤解を招くような発言をしただろうか。

普通に会話していただけで思い当たる節がない。じっと考えていると、

「ただいま戻りました」

多喜次の声が奥から聞こえてきた。柴倉がふいっと祐雨子から視線をはずし、ショーケースを覗き込む。ずれてしまった和菓子をきれいに並べ直す彼の背を見つめていると、裏口から入ってきた多喜次がひょいとのれんの下から顔を出した。

「祐雨子さん、遅くなってごめん。すぐに仕事入るから――どうか、したの？」

多喜次に声をかけられ、祐雨子は慌てて柴倉から視線をはずした。

「いえ、なんでもありません。お帰りなさい、多喜次くん」

「――うん、ただいま」

多喜次はじろりと柴倉を睨んでから大急ぎで階段を駆け上がった。

柴倉が調理場に引っ込むと、着替えをすませた多喜次が入れ替わるように下りてきた。よほど急いだのだろう。うっすらと額《ひたい》に汗が浮いている。

「そんなに急いで帰ってきたんですか？」

多喜次はいつも熱心にバイトに入る。早朝だって忙しいとき以外は休んでいいと言われているのに、バイト代だってたいして出ないのに、早く祐に認められたいのだと言わんばかりにコツコツと働く。たまに友だちに誘われてバイトを休むときもあるが、遊びたい盛りの年齢にもかかわらず、彼は休みの大半を店内で過ごすのだ。

「もうちょっとゆっくりしていてもいいんですよ？」

祐雨子は笑い、髪に触れようと手を伸ばす。刹那《せつな》、多喜次に手首を摑まれた。

どきんと胸の奥が跳ねた。手首を摑む手が、以前とは比べものにならないくらい大きくて硬かった。まるで知らない人の手みたいだ。まっすぐに見つめ返してくる多喜次の目に、苛立《いらだ》ちがにじんでいる。

きつく結ばれていた多喜次の唇がうっすらと開く。

「あいつと、なにかあったの？」

──予想外の言葉。

「……え？」

呆気《あっけ》にとられる祐雨子を見て、多喜次の顔がみるみる赤くなっていく。

「な、なんでもない！　今の、忘れて！」

ぱっと祐雨子の手を放して顔をそむける。耳まで赤い。きょとんとした祐雨子は、

「嫉妬ですか？」

と、思ったまま問いかけていた。すると多喜次が頭をかかえるようにして座り込んだ。

「心が狭いって思っただろ。子どもだって思っただろ。もー、ホント、カッコワル！」

聞こえてくる声は、本人の悩みとは裏腹に、祐雨子の耳にはなんだかとても微笑ましく響いた。響くと同時、ふんわりと胸の奥をあたたかくした。

「全然、格好悪くないですよ。多喜次くんが一生懸命なこと、ちゃんと知ってます」

びくんと多喜次の肩が揺れた。

「だ、だから、甘やかさないでって、俺言ってるのに――!!」

ますます多喜次の顔が赤い。おまけに涙目だ。抱きしめたくなるほどかわいくて、祐雨子はちょっと狼狽えた。

「もういいです。祐雨子さんはいじわるだ」

よろよろと立ち上がった多喜次は、紙束と裁断機を取り出し作業台に移動した。ペーパーカッターというのもおこがましいほどの年代物の裁断機は、お茶券を出すようになって脚光を浴びた一品で、まだまだ現役だった。A5のコピー用紙に八枚分印刷されたお茶券一枚ずつに店名の入った角印を押し、五枚溜まったところで裁断機で切り離す。

しばらく単調な作業を繰り返していると落ち着いたのか、

「俺、考えたんだけどさ」

多喜次がそう前置きした。

「今月の和菓子、種類が多くて全部は食べきれないって言ってる人がいるから、ミニサイズのを出したらどうかな」

「ミニサイズ?」

「うん。半分……は、無理だろうから、三割減くらいのサイズで作って、十六種類、箱詰めにするんだ。ちょっと豪華な感じにして、予約販売」

「重箱に詰める感じですか?」

漆《うるし》塗りの重箱に色とりどりの和菓子——想像するだけで華やかだ。和菓子は優しい色合いのものが多いから、ぱりっとした漆塗りの重箱はさぞ映えるだろう。もちろん、重箱は使い回しができるようによいものをあつらえる。マニア向けだが、おもしろいと思う。

「でも、今から注文を受けるのは、ちょっと難しいですね」

重箱の手配が間に合わない。祐雨子が告げると「やっぱり」と多喜次の肩が下がった。けれど、来年の企画としてなら十分に可能性がある。一年に一回という特別感と希少価値にお金を払う人は一定数いるのだ。

帯に忍ばせていた携帯電話にメモを取っていると家電が鳴った。携帯電話を帯に差し込み、家電に手を伸ばす。

「お電話ありがとうございます。『つつじ和菓子本舗』です」

聞こえてきたのは落ち着いた女性の声——鷹橋みつ子のものだった。

「いつもお世話になっております。ええ……はい、中華まんじゅうを、初七日に?」

仮通夜、お通夜に続き三度目の注文だった。お通夜のときは大量注文に目が回るほど忙しかったが、今回は親類を集めての法要だ。最近は葬儀とまとめて初七日をすませてしまうことも珍しくないが、鷹橋家はみつ子の希望もあって、初七日は初七日できちんと執り行うらしい。

「かしこまりました。ありがとうございます」

祐雨子が電話を切ると多喜次と視線が合った。うなずくと、多喜次が大慌てで調理場に駆け込んだ。そして、調理場はにわかに騒がしくなる。戻ってきた多喜次は、切り分けたぶんのお茶券をまとめると、丸椅子《いす》に腰かけ追加の小豆のよりわけをはじめた。

多喜次はけっして仕事が早いわけではない。けれど、丁寧に確実に仕事を進めていく。そんな彼が、あとからやってきた同年代の男の子が一人前の職人として扱われているのを見て焦る気持ちはもっともだと思う。

それでも彼は、自分の仕事を放り出したりせず、こつこつと今できることを積み重ねていく。祐雨子はそっと微笑んで、多喜次の隣に丸椅子を移動させて腰を下ろす。

小豆を半分預かって、小声で彼にこう告げた。

「さっき柴倉くんから、言動を注意されてしまったんです」

多喜次の手が止まる。どういう意味？　と、彼の表情が険しくなる。

「男の人を誤解させてしまうみたいで」

そう告げた瞬間、多喜次ががっくりと肩を落とした。

「わかる」

「わ、わかるんですか⁉」

「わかるわかる」

うんうんとうなずかれて祐雨子は仰天する。しみじみと納得する多喜次を見て、祐雨子は豆をよりわけながらわずかに眉間《みけん》にシワを寄せるのだった。


鷹橋家の初七日当日。

祐雨子と配達に行けるかと思ったら、残念なことに柴倉と同行になった。

思わず出そうになる舌打ちを、多喜次はぐっと呑み込んだ。三度目ともなると道もすっかり覚え、鷹橋家に向かうのもスムーズだった。納品をすませ、料金を受け取り、領収書を切る。家の中から賑《にぎ》やかな声と高い子どもの声が聞こえてきた。

「……少し、おうかがいしていいかしら」

帰ろうとする多喜次たちをみつ子が呼びとめた。

「さくさくした和菓子っておいてあります？」

「……さくさくっていうと、金平糖《こんぺいとう》みたいな？」

それはカリカリじゃないのかと、多喜次は自分にツッコミを入れる。和菓子は水分量によって生菓子、半生菓子、干菓子《ひがし》にわけられる。さくさくといったら落雁《らくがん》に代表される、米粉に水あめや砂糖を加え型抜きする打ちもの、豆菓子やせんべいなどだろう。しかし、せんべいをあえて「和菓子」と言い換える人は少ない。せんべいはせんべいというくくりで表現されることが多いからだ。

「落雁ですか？」

多喜次が口を開く前に柴倉がみつ子に尋ねた。いいところを横取りされたような気分になって柴倉を睨むと、みつ子が申し訳なさそうに首を横にふった。

「生菓子なの」

「……生菓子で、さくさく」

「ええ。上生菓子——練り切りよ。このくらいの大きさで、クリーム色っぽくて、さくさくしたところがある和菓子」

繰り返す多喜次にうなずいて、みつ子は人差し指と親指で小さな丸を作ってみせる。サイズ的には小ぶりな生菓子だ。クリーム色なら着色していないのかもしれない。

多喜次はメモ帳を取り出して素早く書き留めた。

「購入したお店は？」

「それが、主人が作ってくれたものなのよ。もともと裕福ではなかったし、甘いものをひかえていたから、和菓子を買うようなことはなかったの。そんなとき、主人が作ってくれたのよ」

　当時のことを思い出したのだろう。みつ子が小さく笑った。

「はじめはなんだかぼそぼそと味がなくて、これは和菓子じゃないって言ったの。そうしたらすぐにさくさくした和菓子を持ってきたのよ。作ってくれたのはその一度きり。久しぶりに和菓子を食べたら、なんだか懐かしくなってしまって」

　みつ子が初来店したとき買っていったのは赤飯と、初節句を祝うちまきを六つ、『大輪』が四つだった。ひ孫は和菓子を食べられる年齢ではなく、みつ子も甘いものをひかえていたので『大輪』が四つになったのだろう。当時は彼女の伴侶《はんりょ》もまだ元気だったのだと、彼女の口ぶりから想像ができた。

「中華まんじゅうを作っていただいたでしょ？　そのさくさくの和菓子も、もしかしたら作ってもらえるんじゃないかと思って」

　ひかえめに、迷うように、みつ子が多喜次たちに尋ねてくる。悩んだ末の言葉に違いない。頼られているのだ。なにごともチャレンジあるのみと、多喜次は大きくうなずいた。

「任せてください！」

こころよく引き受けた多喜次は、できあがったら渡すことを約束し鷹橋家をあとにした。

「安請け合い」

ぼそりと隣から声が聞こえたとき、多喜次は立ち止まってポケットから取り出した携帯電話で〝和菓子　さくさく〟と検索をかけている真っ最中だった。困ったときのインターネットである。が、しかし、万能なネット先生が全力でおすすめしてくれたのはクルクルパットのお菓子レシピで、それ以外はことごとくクッキー類の焼き菓子だった。

「……和菓子のさくさくって……」

せんべいじゃない。ここは祐に尋ねてみるのが一番手っ取り早い――と、思ったが、柴倉にじっと見つめられているのに気づいて慌てて携帯電話をポケットに戻した。

柴倉の眼差《まなざ》しが、まさか店の人に助けを求める気？　と、あけすけに訊いてくる。

確かに誰かに泣きつくのは情けない。ここは一つ、みつ子の希望通りの品をみごと届け、柴倉を見返してやろう。闘争心がふつふつと多喜次の中に湧き上がってきた。

「このくらい一人でできる」

「ふーん」

その「ふーん」はなんなんだとイラッとしたが、多喜次はその苛々をやる気に変えることに専念した。素人が作った和菓子なのだから、素人の多喜次にだって作れるはずだ。いいやむしろ、多喜次のほうが適している可能性だってある。スーパーに行けばさまざまな材料が手に入るのだから、やってやれないはずはない。

「み、見てろよ」

多喜次はぐっと拳を握った。見返す一環として、店に戻るといつも以上に仕事に打ち込み、接客にも力を入れた。だが、相変わらず熱心に和菓子の説明をする多喜次より、ただじっと立っている柴倉のほうが客受けがよかった。

確かに柴倉は仕事のできるイケメンだ。祐も一目を置いていて、展望も明るい。

――そのうえ、柴倉が祐雨子に興味を持っている可能性も浮上してしまった。

男の人を誤解させてしまうという祐雨子の言葉。どんな状況でそんな会話にいたったかは怖くて訊けないが、普通の会話で出てくる話題でないことだけは確かだ。昼間は二人だけの時間も長い。それを考えると焦りばかりが膨れ上がる。子どもっぽい対抗心とは思いつつ、多喜次はみつ子の依頼を完遂して少しでもリードしたかった。

仕事が終わると片づけをすませ、銭湯でさっぱりしたあと食事をとり、多喜次は今まで通り店に置いてあった布団へ、柴倉は新調した布団へともぐり込む。

消灯したあと、隣から寝息が聞こえてくるのを合図に携帯電話をじっと睨んだ。

「さくさくの、生菓子」

しかも練り切りであるとみつ子は断言した。〝練り切り　作り方〟で検索をかけるとクルクルパットがいち早く反応する。一番わかりやすい材料が、白あんと白玉粉だった。

「……さくさく?」

いくらなんでも白あんと白玉粉でさくさくの食感になるはずがない。故人がなにを使って練り切りを作ったのかみつ子に尋ねようかとも思ったが、彼女の口ぶりからするとわからない可能性のほうが高かった。

「とりあえず、明日作ってみるか」

多喜次は携帯電話を布団の脇に置いて目を閉じた。

翌日彼は、学校帰りに自転車で大型スーパーの製菓コーナーに向かった。和菓子職人を目指すようになってからは頻繁に覗いているため馴染みのスペースだ。

「……あれ?　白あんがない……?」

当然あると思っていたものが見当たらず、多喜次はきょろきょろと歩き回る。こしあんや粒あんはあるのに白あんだけが置いてないのだ。首をひねりながら全国にチェーン展開する別のスーパーに行ってみる。しかしそちらにも白あんがない。店員をつかまえると在庫は店頭に並んでいるだけだと言われた。スーパーではだめなのかと駅前のちょっとお高めのデパートにドキドキしながら行ってみたが、やはり取り扱いはなかった。

「なんで⁉」

白あんの需要がこれほどないとは思わなかった。確かに粒あんやこしあんに比べると使う機会は少ないだろうが、まさかここまでとは。

ふらふらと店から出ると、日が傾きはじめていた。

「しまった、バイト！」

白あんが見つかったらすぐに帰る予定だったから連絡を入れていない。携帯電話を見たら、もう六時を過ぎていた。慌てて電話をかけると意外なことに祐が出た。

「す、すみません！　今日、俺、休みます――‼」

道行く人々が驚いて振り返るほど多喜次の声は大きかった。

『なんだ、サボりか』

どこかからかうような声なのに、多喜次は血の気が引く思いだった。

「すみません！」

『冗談だ。まあ、たまにはゆっくりしろ。毎日出る必要はないんだから』

そんな言葉とともに通話が切れ、多喜次はがっくりと肩を落とした。突然休んでも全然問題のない人間――それが、今の自分の立ち位置だと突きつけられた気がした。実際、多喜次のしていることは裏方だ。誰にだってできる仕事だ。多喜次一人がいなくても、なんの支障もない些細《ささい》な作業しかやらせてもらっていない。

けれど、ただ「やらせてもらえない」といじけていては、きっと自分は成長できない。

深く大きく息をつき、多喜次は自転車にまたがった。


それからがむしゃらに自転車をこいで、見つかった店に片っ端から飛び込んで、ようやく白あんを見つけたのは一時間半後——小規模スーパーの製菓コーナーだった。

「と、灯台下暗し」

大きなところならあるはず、なんていう認識がそもそも間違いだったのだ。

クルクルパットを参考に白あんと白玉粉、こしあんを購入し、帰り際に銭湯に立ち寄って疲れた体をほぐし、店に戻る。店内は当然真っ暗で、二階からは物音も聞こえない。多喜次はふっと息を吐き出し、腰下エプロンをつけてクルクルパットを表示する。

「白あんにたいして白玉粉は五パーセントの割合ってことは……えっと、白あんが一五〇グラムだから白玉粉が七・五グラム？　で、水は小さじ二杯」

手頃などんぶりに材料を入れ、しっかりと混ぜ合わせて電子レンジで加熱する。こしあんは火にかけ、焦げないようにかき混ぜながら水分を飛ばし、合間に電子レンジで加熱している練り切りをかき混ぜさらに加熱する。

「一度に加熱すると失敗するから注意？」

ふむふむとうなずく。何度か電子レンジで加熱しつつ混ぜ合わせ、指で押さえる。指につかない程度に水分が抜けてから作業台にのせてもう一度練る。

「……さくさく……には、ならないよな……？」

祐は季節によって白小豆と手亡豆《てぼうまめ》の割合を変えて白あんを作って練り切りの材料にするので、見た目は普段見るものに近い。だが、しっとりとした練り切りはみつ子の言っていたものとはかけ離れている。つまんで食べてみたが、祐が作る練り切りのようなほんのりと豆の風味が残る上品な甘みはなく、強烈な甘さだけが舌にまとわりついた。

「素人が作る、素人の和菓子」

しかし、白あん自体は市販のものだ。ならばこれはある意味で〝プロの味〟なのではないか。そんなことを考えつつもう一回電子レンジで加熱してみる。水分をどんどん飛ばせばさくさくの和菓子になるのではと期待したのだ。けれど、結果はさんざんなものだった。

「ぱさぱさ！　ぱさぱさの和菓子！」

形を作ろうにもボロボロと崩れ、成形からいびつになってしまう。

なにか根本的に間違っている気がする。和菓子と言いつつ、実はまったく違うものを食べたのではないか。あるいは記憶違いをしている可能性だって捨てきれない。

「和菓子の材料ってなんだ?」

あらためて調理場を見回す。

豆類、米粉、糖類、寒天《かんてん》、葛《くず》、山芋《やまいも》、卵、ごま、風味づけの抹茶、ゆず、ハチミツ、葉類——この中で〝さくさく〟という語感にあてはまる食材を懸命に探す。

「生菓子って言ってたもんなあ。ごまをまぶしてる……なら、ごまって言うよなあ。卵の殻《から》とか。ははははは」

乾いた笑い声をあげていると、いきなり裏口のドアが開いた。ぎょっと振り返ると、ちょっと光沢のいいシャツに足の長さを強調したパンツスタイルの柴倉が驚いたような顔で立っていた。軽く流した髪が、いかにも〝遊んできました〟と言わんばかりだ。

「どこ行ってたんだよ」

呆れ気味に声をかけるが無視された。柴倉が多喜次の前を通り過ぎる——その瞬間、ふっと鼻をついたのはアルコールのにおいだった。

「お前、酒飲んできたのかよ」

多喜次の問いに柴倉の歩調が乱れた。反射的に柴倉の肩を摑んだ多喜次は、彼の服が濡れていることに気づいた。と同時に、入浴中ですらはずさなかった派手なチェーンネックレスがないことにも気づく。そのうえ彼の首元と頬が不自然に赤い。

「なんだよ、殴り合いでもしてきたのか?」

心配した多喜次の声を振り払うように、柴倉は邪険に手を払った。それでちょっとむっとした。八時過ぎに戻ってきたのだから、バイトもサボったに違いない。未成年のくせに飲み歩き、あまつさえ喧嘩《けんか》だなんて——もちろん、多喜次だって喧嘩くらいする。たいした活躍もできなかったが高校球児だったから、真正面から殴り合いだなんて軽率《けいそつ》な真似《まね》はしなかったが、それなりに血の気の多い学生生活を送っていたタイプだ。

「あんたには関係ないだろ」

多喜次がなにか声をかける前にそう言い残し、柴倉は靴を脱ぎ捨て階段を駆け上がっていった。

取り残された多喜次はガリガリと頭をかき、息をついた。

なんだかなにもかもうまくいっていない。

簡単に再現できると思っていた和菓子はさっそく行き詰まっているし、同僚とはコミュニケーションが取れないし、祐雨子からは相変わらず子ども扱いされたまま。

「……俺、才能ないのかな……」

椅子に腰かけ、作業台に顎をのせて溜息をつく。ふっと視線を上げると、〝木の実〟と書かれた棚が見えた。栗きんとんやとちの実せんべい、ごま団子のように、和菓子にもさまざまな木の実が使われる。

「あ、そうか！」

多喜次は閃《ひらめ》き、にやりと笑った。

答えは、意外と身近に隠れていたのだと確信した。


みつ子から依頼を受けた三日目の夕方、多喜次は揚々《ようよう》と鷹橋家のドアチャイムを押した。

「もう持ってきてくださったの？」

多喜次が差し出した小箱を見てみつ子は嬉しそうに目尻を下げた。今日も和服だ。鶯色《うぐいす》の着物に茶金の帯をしめ、上品に多喜次を手招いた。

「あがってちょうだい。一緒にお茶にしましょう」

連日バイトを休んだので気が引けたが、熱心にすすめられては断りづらく、多喜次は素直に靴を脱いだ。鷹橋家は数年前にバリアフリーの平屋に建て替えたためどこもかしこも新しかった。明るい色で統一された居間には、ねぶたをかたどった提灯《ちょうちん》におかっぱ頭の愛

らしいこけし、派手なシーサー、キラキラの大仏、富士山《ふじさん》のミニチュア、東京タワーなど
など、統一感のない置物が棚いっぱいに並んでいた。
焼香《しょうこう》させてもらって座布団の上に座った多喜次は、きょろきょろと室内を見回した。
「旅行が好きだったんですね」
奥でお茶を淹《い》れるみつ子に声をかけると、「違うのよ」と返ってきた。
「旅行じゃなくて、住んでたの。短いときには一年で引っ越して、新しい土地で一からや
り直しだー!!　って。北は北海道、南は沖縄まで、いろいろ住んだんですよ」
白髪を丁寧に撫でつけた写真の中の男性は、光の中でほがらかに笑っている。苦労は多
かったが、充実した人生だったに違いない。
「ここに越してきて、小さな会社を持って、息子に代が替わって会長になって。もともと
気管支が弱かったからそろそろ体を労《いたわ》ったほうがいいって止めたのに、まだまだ現役だっ
て、ずーっと働きっぱなしだったんです」
ちょっと恨みがましい声だった。夫婦なのだから、一線を退《しりぞ》いたあとは余生を二人きり
でゆっくりと過ごしたかったのかもしれない。
「そ、そんなに忙しい中で、和菓子を作ってくれたんですね」
多喜次は慌ててフォローする。

「もうずっと昔ですよ。故郷を離れて二十年、私が四十歳くらいのときだったかしら。貧乏で貧乏で、食べることすらままならなかった時期だから。もともと甘いものが好きだったのだけど、糖尿のけがあるって言われて食事は気をつけていたのだけどね」

入店時、緊張気味だった彼女の様子を思い出し、多喜次は納得した。

台所から戻ってきたみつ子は、恐縮する多喜次の前に湯呑《ゆの》みと銘々皿《めいめいざら》を置いた。新緑を思わせる鮮やかな緑にふんわりとただようまろやかな香気――いただきます、と頭を下げて湯呑みに口をつけ、ほのかな甘さに目を細める。

「あの、いいんですか？　その、糖尿なのに甘いものって」

「もう九十歳ですもの。先生も、今の状態ならこれから急に悪化することはないだろうから、好きなものを食べてもいいっておっしゃってくれたのよ」

「九十……!?　あ、すみません。もっと若いのかと」

「よく言われるわ。夫のほうが年下だったのだけど、私のほうが若く見られたのよ」

懐かしそうに笑ってお茶に口をつける。多喜次はみつ子が黒文字《くろもじ》の楊枝《ようじ》で和菓子を切り分けるのをドキドキと見守った。今回はみつ子のリクエスト通り色粉は一切使っていない。その代わり、今日買ったものをたっぷりと練り込んである。

小さく切り分けた和菓子を口に運んだみつ子は、かすかに首をかしげた。

はずれだ。彼女の反応で瞬時にそれを悟った。

「これじゃなかったら、こっちを！」

多喜次は別の和菓子をすすめる。箱の中には、さくさくの食感というヒントから、カシューナッツ、黒糖、甘く煮たゴボウという、三つの食材を使った三種類の和菓子が入れてある。カシューナッツがはずれなら、次は黒糖だ。しかしこれも反応は微妙だ。最後のゴボウにいたっては、静かに首を横にふった。

「こんなに癖のある甘さじゃなかった気がするの。食感も……もっと、簡単に口の中で崩れるような感じで……」

「……これとか、どうでしょうか？」

多喜次は迷いながらポケットから小さな包みを取り出した。そっと銘々皿に置いたのは、『虎屋《とらや》』が極上の和三盆糖《わさんぼんとう》で作った、その名もずばり『和三盆』である。生菓子と聞いて悩んだが、もしや干菓子もあるのではとこっそりと買い求めた品《このパターン》だ。奥まった場所にひっそりと建つ『虎屋』は隠れ家的おもむきで、品揃《ぞろ》えは先祖代々受け継がれてきたものらしく派手さはないがどこか懐かしさを覚えるものばかりだった。『つつじ和菓子本舗』以外の和菓子屋に入ったのが二回目という多喜次が挙動不審になっていたせいか、『虎屋』の店主にものすごく警戒されてしまったのはご愛嬌《あいきょう》である。

みつ子は『和三盆』をつまみ、困ったような顔をしながら口に運ぶ。直後にそっと首を横にふるのを見て、多喜次は真っ青になった。

「す、すみません！　俺、もしかしたらって――」

「いいのよ。ずっと気になっていたものが、すぐに見つかるとは思っていなかったから」

それはあきらめの言葉に似て、多喜次は慌ててメモ帳を手にした。

「食べたときの状況をもっと詳しく聞かせてもらえませんか⁉　どんな材料を使ったとか、調理方法とか、季節とか、時間とか、なんでもいいので！」

必死な多喜次を哀《あわ》れに思ったのか、みつ子が考えるように眉を寄せた。

「北海道から青森に住んで、宮城、栃木、埼玉ってどんどん南下して、沖縄で折り返してまた北上して――ああ、そうだわ。大手亡《おおてぼう》が手に入ったから、なにが食べたいって訊かれたの。なにを作るものか尋ねたら、和菓子の材料になるんだと言われて、じゃあ和菓子が食べたいと答えたのよ。台所を引っかき回して、そうねえ、なにかしていたわねえ」

「……他に、材料は」

「家にあるものしか使ってなかったと思うわ」

「……せんべいとか、あられとか」

「どうかしら。日持ちのするものは大切にとってあったりもしたけれど、お菓子類を買うほどゆとりはなかったから」

　材料でわかったのは大手亡一つ。みつ子に断って急いで検索をかけてみると、北海道を中心に栽培されてきたインゲン豆の一種と出てきた。なるほど、故郷の味らしい。しかし、わかった材料はこれ一つで、調理に使われたのは〝一般家庭にあるもの〟という、ちょっと不安になる幅の広さだ。

「し、白玉粉とかは」

「あったかもしれないけど……」

　メモ帳に〝？〟を書き加える。どのみち、インゲン豆と白玉粉の二つでは〝さくさくの食感〟にはならないだろう。決定的になにかが不足している。

「……難しいなら、無理にとは言いません。ただ……懐かしかっただけですから」

　そう告げるみつ子の声は少し暗く、多喜次は慌てて顔を上げた。

「大丈夫です！　任せてください!!」

　どんと胸を叩き、お茶を飲み干し立ち上がった。「また来ます」と言い残して鷹橋家を飛び出し、自転車にまたがって勢いよくペダルをこぐ。

　逃げ出すのは簡単だ。なにもかも放り出して見なかったことにすればいい。

　だけど今、なにかに向かおうと懸命になっている人がいる。言いたかったであろう言葉を呑み込み、なにもなかったように振る舞う人がいる。

取り残されてしまった彼女のために力になりたいと、多喜次は素直にそう思った。


仕事が終わったあと、祐に頼んで多喜次が調理場を使うようになった。

本人は自主練だと言っているが、今まで教えてもらうのをただ待っていた多喜次が積極的に動きはじめたことに、祐雨子は素直に驚いていた。

もちろん、彼がまったくなにもしていなかったわけではない。練り切りを作りたいらしく百円ショップで粘土《ねんど》を買っては成形の練習をしていたことも、祐の仕事をこっそり盗み見てはメモをとっていたことも、祐雨子はちゃんと知っていた。

それでも、まだまだ下積みという自覚のあった彼は、強引に教えを請《こ》うのではなく、じっと祐が動くのを待っていた。とうとう我慢の限界がきたのか――そう思ったが、なにか様子がおかしい。意気込んで出かけては、落ち込んで帰ってくることが多くなった。少ない給料からいろんな食材を買いそろえ、作業台でうなり続ける彼に気づいて祐雨子は帰宅するふりをしてこっそりと正面の入り口から店に忍び込み、調理場の様子をうかがった。

多喜次は作業台に突っ伏していた。眠っているのかと疑いたくなるくらい動かない。一

分、二分、三分と待って、声をかけたほうがいいのかと身を乗り出したとき、

「わっかんねー‼　くるみ却下、氷砂糖も違う、金平糖、話になんねえ！　さくさくってなに⁉　生菓子の水分量は三十パーセント！　さくさくしないし！　しっとりだし！」

体を起こして吼《ほ》える多喜次に、祐雨子がびくんと肩を揺らす。バイト中は黙々と作業していたのに、まるで箍《たが》が外れてしまったかのような叫びっぷりだ。

「木の実じゃないんだ。砂糖も違う。もっと別の、一般家庭にもあるような……あ、ポン菓子入れてみるか、ポン菓子」

携帯電話を摑んでタップし、すぐにうめいた。

「圧力かけるってなに？　誰がそんな面倒なお菓子発明したんだよ。一般家庭に十気圧もかけられる調理器具なんてねーよ。あ、トウモロコシならいけるか⁉」

──なにをやっているのかさっぱりわからないが、いろいろ試行錯誤していることだけは理解した。相談に乗りたいが、昼間顔を合わせてもなにも言ってこないところをみると、自分の力で解決したい問題なのだろう。なので、気になるがぐっと我慢した。

男の子が真剣になにかに向き合っているとき、ギャラリーの口出しは無用なのだ。

「多喜次くん、頑張ってください」

そっとエールを贈って壁から離れたとき、バタバタと騒々しい音をたて柴倉が階段を下

りてきた。思わず壁にくっつくと、昼間とは打って変わって派手な柄シャツを着た柴倉が立っていた。全身から夜の気配がただよっている。

「お前、今日も夜遊びか？」

多喜次の問いに祐雨子がコクリとつばを飲み込む。今日もということは、はじめてではないのだろう。無視して裏口から出ていこうとする柴倉を、多喜次がドアをふさぐように立って阻止した。

睨み合う二人を見て祐雨子がハラハラする。出ていくべきか、このままじっとしているべきか――覚悟を決めて出ていこうとしたとき、柴倉がくるりときびすを返して店側――祐雨子のほうに歩いてきた。

とっさに首を引っ込めたが、隠れるほどの時間はなかった。

「……っ‼」

視界が一瞬、暗くなった。のれんをくぐり抜けた柴倉と目が合う。驚いたように立ち止まった彼は、「なに……」とつぶやき、すぐに言葉を呑み込んだ。

すうっと目を細めて見おろされ、祐雨子の鼓動が跳ね上がる。

「柴倉！」

「――あんたは鷹橋さんと約束した和菓子作りがあるだろ。それともなに？　やっぱりできませんでしたとでも言う気？　カッコワルー」

柴倉が饒舌《じょうぜつ》だ。だが、頭に血が上っている多喜次は気づいていないらしい。

「できるよ！」

多喜次が怒鳴ると、柴倉は「ふーん」と、言い残して歩き出した。もう祐雨子には目もくれず、まっすぐ正面の入り口から店を出ていってしまった。

一方の多喜次は乱暴に椅子に座り、また作業台に突っ伏していた。

ここにとどまっていると見つかる危険が出てくる。祐雨子は緊張にこわばる足をなんとか動かし、細心の注意を払ってそっと店を出た。

引き戸を閉めたあとに漏れた息は、指先同様に震えていた。

「……たかはしさんって……中華まんじゅうのお客様……？」

「その鷹橋さん」

「ひゃっ」

店から離れた祐雨子は柴倉の声に飛び上がった。まさか待っているとは思わなかったのだ。思わず胸を押さえる祐雨子を、柴倉がどこか楽しげに見つめてくる。

「あいつがなにやってたか聞きたい？」

「多喜次くんが話してくれるまで待ちます」

即座に首を横にふる祐雨子に、柴倉は意外だと言わんばかりの顔をする。気になるし、悩んでいるなら手伝いたい。けれどやっぱり、今は待つべきだと思う。

「それより柴倉くんはこんな時間からどこに行くんですか？」

「こんな時間って、まだ八時だけど……あ、俺こっちですから」

つい口にしてしまったと言わんばかりにそう付け足し、柴倉が逃げるように歩き出す。大股で向かったのは駅裏──毎年七夕が催される裏通りだ。慌ててくっついていったが、彼の姿は瞬《また》く間に雑踏《ざっとう》に消えてしまった。

夜遊びは賛成しない。だが同時に、遊びたい年頃なのもわかる。

祐雨子は人込みから視線をはずして振り返った。店では今も多喜次が苦しんでいるだろう。たった一人、出ない答えに焦燥《しょうそう》をつのらせながら。

「……我慢です」

相談に乗りたい。お手伝いしたい。だけど多喜次からなにも言ってもらえない。冷静さを欠けば勢いで問いつめられたかもしれないのに、考えあぐねた結果、強引に首を突っ込むことができなくなる自分の性格が恨めしい。

溜息が、静かに唇を割った。

4

火曜日の朝。

よほどひどい顔をしていたのだろう。祐雨子から休むように言われた。

「お母さんも朝から来てて、柴倉くんもいます。だから大丈夫ですよ」

確かに柴倉はすごい。早朝の仕込みには出てこないが、連日遊びに出かけていても日中の仕事はちゃんとこなしている。彼が無口なのもすっかりプラスに作用し、客足も上々だ。

「お店じゃゆっくり休めないかもしれないので、今日は実家に帰ってください」

「え、でも」

「帰ってください！」

邪魔だと言わんばかりに語調がきつい。

「……祐雨子さん」

仏心《ほとけごころ》でも発動したのか、柴倉がなんとも複雑な顔で祐雨子を止めた。——止めるだけならまだしも、祐雨子の腕を摑んでそっと引き寄せ、耳元で何事かをささやいた。

とたんに彼女の頰に朱がさした。

「お、……おやっさん、今日は休みもらっていいですか……？」

連日の寝不足がよくない幻覚を見せたに違いない。二人の姿を幻だと思うことにして、多喜次はふらふらと調理場に向かう。一瞬、柴倉が苦笑し、祐雨子がますます赤くなるのが見えた。多喜次は意地でも気づかないふりをして、腰下エプロンをはずして財布をズボンのポケットにねじ込み、猛然と駅まで走った。切符を買い、改札をくぐり、魂《たましい》が抜けたように出勤ラッシュですし詰め状態の電車に乗り――。

気づいたら家にたどり着いていた。

母は呑気に「あらやだ、もうリタイア？」と、息子の帰宅に目を丸くし、茶を飲みつつ新聞を広げていた父はちらりと視線を上げるだけだった。無言で自室に入る。家を出る前、不要品は全部捨てた。次に帰ってくるときは和菓子職人になっている――そんな決意を抱いていた。けれど、あの頃となにも変わっていない。そんな自分に打ちひしがれた。

しかも、片想いの人は別の男と仲良くしているのである。

「……寝よ」

せっかくもらった依頼も、やっと手に入れた居場所も、やる気ごと放り出したい気分だった。そもそも分不相応だったのだ。才能がないことなんて知っていた。それを補う情熱はあると思っていたのに、それさえ錯覚だった。

多喜次はぎゅっと目を閉じ、深く息を吸い込んだ。

次に目を開けると、辺りは真っ暗だった。

ぼんやりと視線をめぐらせ体の痛みにうめく。床に転がっていたせいで節々が悲鳴をあげていた。

ゴソゴソとポケットをさぐって財布を押しのけ携帯電話を取り出す。

「……十九時、四十二分……って十九時⁉　夜⁉」

飛び起きて何度確認しても十二時間寝ていたことになる。なんだよ、起こしてくれてもいいじゃないかと誰ともなく毒づいて部屋を出ると、居間には朝見た通りの父の姿があった。

「わあ、デジャヴ。まさか朝からずっと新聞読んでたのかよ」

父は無言で新聞の一面を叩いた。今読んでいるのは夕刊らしい。

「火曜日なのに会社にも行かず」

「会社に行って、帰ってきて、余暇《よか》を楽しんでいる」

なるほど、と、多喜次は神妙な顔になる。十二時間も寝ていたせいで頭がぼんやりする。

だが、空腹だけはちゃんと感じるものらしい。

「母さんは？」

「食事会」

「……夕飯は？」

父は無言でテーブルの隅に置いてあった食パンの袋を叩いた。それでいいのかと呆れたが、これといって不満はないようで、父は夕刊を読み続けている。多喜次は文句を言う気も失《う》せて台所を見回した。

「……一般家庭にあるもの」

ごくごく普通のシステムキッチンには、フライパンや鍋を含むさまざまなものが収納されている。多喜次はふらふらと近寄って、片っ端から棚を開けていった。塩、砂糖などの調味料、みりん、酒などなど。小麦粉やパン粉などの粉ものはタッパーに詰めて冷蔵庫に入れてあり、これといって興味を引くものはない。パン用にジャムとピーナッツバターを取り出し、多喜次はさらに台所を見て回る。

「なにをしてるんだ？」

父親の声に「ちょっと」と返してさらに棚を開けていく。が、やはりこれといってピンとくるものがない。そう思って棚を閉めようとした、そのとき。

「……なにこれ」

棚の奥、自家製梅酒の瓶に追い立てられるように寸胴の瓶を見つけた。白いものがびっしりとつまっていて、上には琥珀《こはく》色のどろっとした液体が溜まっている。ラベルはなく、瓶を傾けると琥珀色の液体がゆっくりと流れ、白いものの表面が削られるようにわずかに動いた。

「ああ、なんだ。そんなところにしまい込んでたのか」

多喜次の動きを見守っていた父が新聞をたたむ。

「これ、なに？」

次いで聞こえてきた父の言葉に多喜次ははっとした。慌てて携帯電話を取り出し、検索をかけ、息を呑む。みつ子の夫は、懐かしいものを、懐かしいものと合わせて彼女が好きだったものを作ったのだ。彼女が喜ぶ顔が見たくて。

「俺、帰る！」

多喜次は瓶をかかえ、呆気にとられる父をその場に残し家を飛び出した。

祐雨子は時計と携帯電話を交互に見ていた。

もうすぐ夜の八時。店はとうに閉まり、冷蔵庫の稼働音だけが静かに響いている。

「ど、……どうして多喜次くんが帰ってこないのでしょう……」

店でいろいろ考え込むより家のほうがヒントを見つけやすいのでは、なんて思って帰宅をすすめてみたものの、状況がわからずよけいに心配になってしまった。

「電話すればいいのに」

「……っ……⁉」

いきなり耳元でささやかれ、祐雨子はぎょっと振り返る。いつものように派手な服に着替えた柴倉が、興味深げな視線で祐雨子を見おろしている。

「気になるんでしょ」

「ここにいるのはただの残業です。私は知らないことになってるんです。だから電話はかけられません。あ！　柴倉くんが電話をかけてください！　事情知ってるんですよね⁉」

「どうして俺が」

「同僚ですから！」

期待の眼差しで告げると、柴倉がさっと顔をそむけた。そのまますたすたと裏口に歩いて行く。

「待ってください、協力してください。それとなく何気なく、妖精さんのように多喜次くんの力になりたいんです！」

訴えたが無視された。もうここは最終手段——勢いにまかせるしかない。

「補導されないように見え透いた派手派手柄シャツで出かける努力をしているのなら、少しだけでも力を貸してくださいー!!」

はしっと柄シャツを掴んで訴えると、柴倉がぎょっと身をのけぞらせた。

朝は多喜次を突き放すような発言をしてしまった祐雨子に「いくら心配だからってその言い方はないいんじゃない？」と、耳打ちで注意してくれた彼である。猛省した祐雨子は、柴倉も多喜次を心配しているのだと考え彼を巻き込むことに決めた。が、巻き込まれたくない彼は、祐雨子を引きずりながら裏口を出て、丁寧にも施錠《せじょう》までした。

「柴倉くん！」

「——だいたいそれが、人にものを頼む態度？」

ずばっとえぐられ、祐雨子が柴倉の服から手を放す。すると彼は大股で歩き出した。しかも向かっているのは駅の裏通りだ。祐雨子は青くなった。

「体を壊しますよ⁉」

たまにハメをはずすのはいい。よくないことではあるが、気晴らしに遊びたくなったり、友人と楽しく過ごす時間に魅力を感じるのもよくわかる。だが、毎日はだめだ。そんなことをしていたら体がボロボロになってしまう。多喜次も心配だが柴倉の体も心配になり、彼を追いかけた。しかし、祐雨子はいまだ仕事着——和装のままで、あっという間に引き離されてしまった。

「柴倉くん！」

駅に近づくにつれ人が多くなる。和装の走りづらさに加え、酔っ払いがうろつく時間というのもまずかった。ふらふらと近づいてくる見知らぬ男の人に驚いて足を止めているあいだに柴倉を見失ってしまった。

人込みを避けつつ裏通りに飛び込んだ祐雨子は、しばらくうろうろと歩き回ったあと運良く柴倉の姿を見つけることができた。だが、様子がおかしい。二十代後半、あるいは三十代といったスーツ姿の男たちと柴倉が、なにか言い争っているのだ。柴倉が手を伸ばしてひときわ背の高い男の胸ぐらを摑む。行き交う人たちは小競り合いに迷惑そうな顔をし、知人らしき男たちが柴倉を止めようと二人のあいだに割って入った。

ほっと祐雨子が息をついて近づくと、背の高い男が手にしたカバンで柴倉を殴りつけた。

「け、警察、警察……!!」

祐雨子が携帯電話を手にしたとき、新たに一人、猛然と彼らに駆け寄る男がいた。顔を伏せ、肩で息をしているが、それが朝別れたきりの多喜次だとわかった。

「あー、そういうこと」

多喜次は顔を上げるなり大仰《おおぎょう》に息をつき、持っていた白っぽい瓶を乱暴な仕草で柴倉に押しつけた。そして、違和感を覚えるほどふてぶてしい態度で男に向き直る。男が身じろいだとき首元が光った。柴倉が摑んだせいで襟元《えりもと》が乱れ、アクセサリーが飛び出してしまったらしい。スーツ姿には似合わない太めのチェーンネックレスだった。

「どーも、柴倉の同僚の淀川です。お兄さん、ちょっと酔ってます？　火曜日から飲み歩くってあんまり感心しませんけど……ああ、なんだ」

くっと肩をすくめて笑い、ゆっくりと下から睨《ね》めつけるように小首をかしげる。

「アフターのほうが熱心な人なんだ？」

彼らしくない、小馬鹿《こばか》にするような物言いだった。煽《あお》られた男はそうとう酔っているのか、あからさまな挑発に不機嫌顔になる。

「なんだ、お前」

「今の説明、理解できなかったんだ？　そんなので仕事大丈夫？」

明らかに男の顔色が変わった。うっすらと赤味を帯びていた顔がさらに赤くなり、拳がブルブルと震えた。男は手にしていたカバンを投げ捨て、多喜次に躍りかかった。なんとか悲鳴を堪えることができたのは、多喜次の顔に「してやったり」と言わんばかりの笑みが浮かんでいたからだ。

一発、二発とふらふらと殴られていた多喜次は、三発目でぐっと体に力を入れ、足を踏み出すなり男のみぞおちに反撃の一撃を入れた。

近くにいた人たちが騒ぐ声に、男のうめき声がかき消される。

多喜次は背を丸める男ににっこり笑い、背をぽんぽんと叩きながら首に手を回した。

「お騒がせしましたー。もー、先輩酔っ払っちゃって。しっかりしてくださいよー」

ざわつく人たちに向け、殴られた直後とは思えないほどほがらかに愛想をふりまく。多喜次は男になにかささやくとさっと体を離し、呆気にとられる柴倉に「行くぞ」と顎をしゃくった。

「これだろ、お前が出かけてた理由。大切なものなら大切って言えよ。ってか、あの男、趣味悪いな。横取りしたものひけらかすって、ありえねー」

多喜次は柴倉から瓶を受け取ると、代わりのようにチェーンネックレスを渡した。それは、さっき男の首元で光っていたものだった。

「……横取りされたって、じゃあ、あれは柴倉くんの……」

確かにここしばらく見てはいなかったが、まさかそんな背景があっただなんて。

しかし、祐雨子以上に動揺していたのは柴倉本人だった。

「……どうして、これだって……」

「そんな目立つもの、気づかないわけないだろ」

確かに目立つ。けれど、アクセサリーなのだから単純に取り外しただけという可能性だってあったはずだ。実際に祐雨子はそう思っていた。

しかし多喜次は、別の可能性に気づいたのだ。

「お前がはじめて店を抜け出したときも、本当は酒飲んでたわけじゃないんだろ？　ネックレスなかったし、殴られた痕《あと》もあったし、服も濡れてた。おおかた目ぇつけられてネックレス盗《と》られて、酒までぶっかけられたんだろ。なんで反撃しないかなー」

呆れつつも諭《さと》す口調だ。どうやら多喜次は、同僚のことをずっと気にしていたらしい。

それを実感してほっとした祐雨子は、電柱に隠れつつ聞き耳を立てる。

「さっきの、先輩だ」

「ん？」

「前の会社の。親の紹介で入社して、一週間でやめて、だから……って、なんでこんなこと言わなきゃならないんだよ！」

「一週間！　やったじゃん！　その記録破ったぞ！　和菓子屋のほうが長い！」

げらげら笑う多喜次を見て、柴倉は気味悪そうに顔をしかめた。

「なんだよ、機嫌いいな」

「そうそう、聞いてくれよ。やっとわかったんだよ、練り切りの——あ……っ」

ここで祐雨子と多喜次の目が合った。はっと電柱の陰に引っ込んだ祐雨子は、五秒ほどそのままの格好で固まって、恐る恐る顔を出した。

多喜次は相変わらずそこにいて、しかも真っ青で、口元なんて不自然なほど引きつっていた。

「い、いつ、いつから、そこに……!?」

「ずっといたんじゃない？　俺追いかけてここまで来たわけだし」

さらりと補足する柴倉に、多喜次の顔からますます血の気が引いた。よろよろと後退《ずさ》って激しく首を横にふる。

「違うから！　今のは警察呼ばれたときの対抗措置《そち》で、相手が言いがかりつけてこないように釘《くぎ》さしただけで、俺いつもあんなことはしないから——!!」

「説得力皆無な慣れっぷりだったよな」

「お前この、柴倉！　普段無口なくせに、急によけいなことしゃべるなよ！　あ、あっちから手を出したし、目撃者たくさんいたし！」

「煽ったくせに」

「あんなにあっさりのってくるとか思わないだろ！　沸点低すぎ！」

ぎゃあああっと多喜次が叫ぶ。恥ずかしいからと柴倉に歩くようにうながされ、多喜次は項垂《うなだ》れつつ素直にしたがった。

「図星だったからだろ」

しばらく歩くと、ぽつんと柴倉の声がした。

「あの先輩、社長の親類でコネ入社だったんだよ。それなのに契約ちっともとれずに、俺が入社一日目で二件契約とってきたら目の敵《かたき》にされちゃって、三日目にして嫌がらせがはじまって、面倒臭くなって会社やめて……なに？」

「お前、意外とよくしゃべるんだな。無口なのかと思ってた」

多喜次の指摘に、柴倉ははっと口を閉じた。どんな仕事かさだかではないが、入社当日に営業に回らせるのを考えれば、相当なブラック企業だったに違いない。一日で二件の契約というのは、運もいいだろうがそれなりに弁も立ったのだろう。ルックスもプラスに作用したのは想像に難くない。店内では黙っていても女性中心に騒がれていたことを思い出し、祐雨子は妙に納得した。

「で、そのネックレス、彼女からのプレゼント？」

「父親からの就職祝い……」

柴倉は、ニヤニヤする多喜次に気づいて再びはっと口を閉じた。父親からの贈り物を取り戻そうとしていただなんて、なんとも微笑ましい一面だ。

納得した祐雨子は、ちらりと多喜次を見た。

「多喜次くん、喧嘩強かったんですね」

「え、つ、強くない！　俺普段、喧嘩しないし。それに、酔っ払い相手にあのくらい普通だから！」

「煽って殴らせて、最後に〝俺、未成年なんで〟とか言うやつのなにが普通なんだか」

「柴倉、お前よけいなこと言うなー!!」

多喜次が叫ぶ。朝見たときは今にも倒れそうだったが、なんだか今はとても調子がよさそうだ。心なしか表情も晴れやかだ。

「なにかいいことがあったんですか？」

遠回しにそう尋ねると、多喜次が太陽のようにぱっと微笑んだ。

「これ！　探してたものが見つかったんだ！　やっとさくさくの和菓子が作れる！」

「さくさく？」

「え……あっ」

多喜次はしまったと言わんばかりに口を閉じ、じっと見つめる祐雨子に根負けしたかのように口を開いた。

そうして祐雨子は、ここしばらく多喜次を悩ませていた事案を知るのだった。

多喜次が寝不足になりながらも探していた食材は、本当にごく身近にあるもの――。

ハチミツ、だった。


翌日、多喜次は祐から許可をもらい、作業台の片隅で練り切りを作った。

「……練り切りじゃねえだろ」

祐はそう言ったが、白インゲンに糖類、白玉粉を使ったそれは、見た目は確かに練り切りだった。ハチミツ色よりさらに淡い、優しい色合いの和菓子が箱に詰められる。

「お父さん、休憩もらいますー!!」

多喜次が鷹橋家に向かうと聞いた祐雨子は祐にそう宣言した。大量に押し寄せてきたお客様が、波が引くように去っていった合間だった。

「なんで柴倉まで来るわけ⁉」

多喜次はしれっと助手席に座る柴倉を見て抗議の声をあげる。

「和菓子がひっくり返ったら困る」

柴倉はそう言って和菓子の入った箱を持ち上げる。一方、リアシートに収まった祐雨子は、ここ数日の多喜次の苦労を思って、ドキドキと落ち着かない気持ちだった。

「――大丈夫。俺、自信あるから」

ちらと祐雨子を見た多喜次が力強く宣言する。自分を鼓舞《こぶ》するためでも虚勢でもない。言葉通り、その横顔にはとても落ち着いた表情が浮かんでいた。

「はい」

祐雨子がうなずくと、多喜次はちょっと間をあけてから言葉を続けた。

「あと、ありがと。俺のこと心配してくれて」

はにかむような笑顔に祐雨子は少し動揺する。探しているものが家庭にあるなら、店で悩むより家に戻ったほうがいいのではないか。そう思ったのは事実だ。けれどそれ以上に、連日思いつめ、どんどん疲れていく彼にゆっくりと休んでほしかった。

ただ純粋にそれだけだった。だから、お礼を言われるとなんだか急に気恥ずかしくなる。

なにこの人たち、と言わんばかりの目で柴倉に見られつつ、車はコインパーキングにとまる。外はあいにくの雨模様だが、三人の足取りは軽い。鷹橋家でチャイムを押すと、すぐに家主――鷹橋みつ子が姿を現した。白地の帯に若草色の着物が優しげだ。少し緊張気味に「いらっしゃいませ」と三人をあがるようにうながしてくれる。

「すみません、勝手についてきてしまって」

「賑《にぎ》やかなのはいいことです。さあこちらへどうぞ」

謝罪する祐雨子にみつ子は微笑む。居間にはー服できるようすでに一揃《そろ》え用意してあり、それぞれが座るとみつ子は手渡された箱の蓋《ふた》にそっと手を添えた。大きく息を吸い込んで、ゆっくりと開ける。

「……これは……」

みつ子は絶句したように箱の中身を見つめる。

中には和菓子が五つ入っていた。淡くて優しい、ほんのりとハチミツ色をした和菓子。くるんと丸いそれは、細工ばさみで細かな花びらが菊の花のように刻まれていた。もちろん、祐が作るような繊細で寸分のくるいもない、気の遠くなるような美しさではない。そこにあるのは、不器用でたどたどしい、けれどひたむきな想いだった。

「どうして、これを……？」

問う声は震えていた。

「お二人の出身は、北海道でしたよね？」

多喜次が問い返す。みつ子は小さくうなずいた。

「いろんな土地を渡り歩いて、だから、故郷への思いは人一倍強かったんじゃないかなって思ったんです。故郷で作られた食材を手に入れて、奥さんに和菓子が食べたいってせがまれて……それで、虎の子を出した」

「虎の子？」

「えっと、これただの推測なんですけど。旦那《だんな》さん、気管支が弱かったって言ってましたよね。ハチミツって、だからたぶん、いざってときのために大事に持ってたんだと思います。ハチミツって喉《のど》を楽にしてくれるから。でも、ずっと持ってると結晶化しますよね」

　多喜次はちょっと恥ずかしそうに、実は知らなかったのだと告白した。淀川家では、普段は小さなボトルで購入し、料理に使ったりパンに塗ったりするのですぐになくなってしまうらしい。今は調理師専門学校に通う彼だが一年前は料理に興味がなく、そうしたことには無頓着《むとんちゃく》だったのだ。ハチミツの種類によって、結晶化しやすいものもあればしにくいものもあるが、結晶を溶かすのに推奨される温度は四十五度から六十度――ボトル全体が結晶化してしまえば湯煎《ゆせん》で溶かすのに数時間かかる。けれど、結晶化していても品質的には問題ない。むしろ加工してない栄養価の高いものだと熟知していた故人は、それをそのまま和菓子に使った。

「はじめにぼそぼそしていたのは、みつ子さんの体を気遣ってハチミツを少なめに入れたから。次にさくさくしたのは、ハチミツの結晶を、思い切ってたくさん入れたから。その、花の形は――」

「シロツメクサ。シロツメクサの花畑は、緑の絨毯《じゅうたん》に一面白い花が咲き乱れて、とてものどかできれいなの。蜂《はち》たちは小さな花からせっせと蜜を集め、私たちに大地の恵みをわけてくれる。……そうね。故郷を出るとき、ハチミツの入った瓶をいくつか持っていたのを知っていました。でもまさか、あのときまだ持っていたなんて……」

語る細い肩が小刻みに震えた。和菓子の入った小さな箱が、こわばる指に少しずつ歪《ゆが》められていく。

みつ子は細く息をつき、顔を伏せた。

「仕事が順調に行くようになって、生活は楽になったのにバラバラの時間が増えて、私たち、ずっとすれ違っていたんです。あの人は会社を大きくするのに必死で、事業がうまくいっても会社にしがみついていた。だからどんどん心は離れていって、年月だけが過ぎて――」

ぐしゃりと箱が大きく歪む。

「あの人、糸が切れたみたいに倒れてしまったの。孫がひ孫を連れてきてくれた二日後よ。倒れてから亡くなるまで、本当にあっという間だった。今までずっと会社に入り浸って、やっと帰ってきたと思ったら倒れてしまうんですもの。手を握って必死で呼びかけて、少しだけ握り返すことはしてくれたけど、もう意識もなくて……あんまりにも腹が立ったから恨み言を言ってやったわ」

えっと、多喜次がのけぞる。上品な老婦人の口からこぼれる言葉は、彼にとっては予想外のものだったらしい。もちろん、祐雨子にとっても予想外だった。一人、柴倉だけが神妙な顔でうなずいている。

「あんなに何度も止めたのに、どうして言うことを聞いてくれなかったんだ。あなたの代わりはいくらだっていた。こんなにボロボロになって、大変な思いをして、バカなんだからって」

——それは恨み言ではなく、愛する夫を案じ続けた妻の言葉だった。

「送り出すときくらい、故郷のものをと中華まんじゅうを頼んだら、急にいろいろ昔のことを思い出してしまって……あの人は、いつも私たちのことを思って頑張ってくれていたのに、私、お礼の言葉も言えなかったわ」

「違います！」

祐雨子はとっさに叫んでいた。身を乗り出し、後悔に胸を痛めるみつ子の手を箱ごとぎゅっと握った。

「言葉は、ちゃんと届いています。人の五感のうちで、最後まで生きているのは聴覚だと言います。だから全部聞こえています。鷹橋さんが伝えたかった言葉は、全部ちゃんと聞こえていたはずです」

　多喜次の話を聞いていたとき、少し疑問に思ったことがあった。彼女は糖尿のけがあって、甘い物をひかえていたという。実際、ちまきを六つ買っていったときも、『大輪』は四つだけ――彼女のぶんとひ孫のぶんを減らして購入していた。にもかかわらず、多喜次が試作で作った和菓子は、あれほど頻繁に持っていったのにすべて食べていたという。見た目からして明らかに違うものも。

　いくら医者から許可が出ていたとしても、それはあまりにも極端だった。

「あなたの手を握ったのは、あなたの言葉が聞こえていたからです。あなたの言葉はちゃんと届いてます。だから、自暴自棄にならないでください」

　熱くこわばった手が大きく震える。

「とても、優しい方だったんですよね？　家族のために一生懸命に働いて、きっと、仕事もお好きだったんだと思います。最後にどんな顔をされていたか、思い出せますか？」

　祐雨子の声に、くっとみつ子の喉が鳴った。

　顔を上げた彼女はハラハラと泣きながら笑っていた。

「とても、いい笑顔だった」

　深く深くうなずいて、彼女は不格好な和菓子を一つ指でつまむ。「少しだけね」と言いながら、彼女はそれを口に含んだ。

「あらやだ、塩味だわ」

そう言って、彼女はまた笑った。


さんざん泣いて、ちょっと落ち着いて、みつ子はあらためて多喜次にお礼を言った。今までかかったお金を払うと言い出した彼女に、多喜次は慌てたように断った。すると彼女は、また来月、夫の月命日に同じものを作ってほしいと頼んできた。次の月も、また次の月も、同じものを、と。

「そういえば〝鷹橋〟って北海道の人に多い名字なんだって」

と、晴れやかな顔で歩きながら多喜次が言った。

「んで、みつ子さん、か。俺てっきり〝満たす〟って意味の〝満子《みつこ》〟とか〝光る〟って字の〝光子《みつこ》〟だと思ったんだけど、たぶん〝蜂蜜《はちみつ》〟の〝蜜〟なんだろうな」

小雨の中、両手を空に突き上げ背伸びをしていた柴倉が、ふと動きを止めて納得する。

昔は女性の名前にカタカナやひらがなが多かった。さまざまな理由の一つに、学がなくてもわかるように、という配慮も含まれていたのだという。

「多喜次くん、どうして四つ葉のクローバーじゃなくてシロツメクサを作ったんですか？」

蜜は確かにシロツメクサから採取されるが、四つ葉のクローバーのほうが幸せの象徴というイメージだ。祐雨子が思ったままを尋ねると、多喜次はぽりぽりと鼻の頭をかいた。

「単なるイメージ。どんな和菓子か聞いたとき、クリーム色で、指でサイズを教えてくれたんだ。だから、丸っぽいものかなって。材料がシロツメクサのハチミツなら、白くて丸い、あの花しかないって思ってさ」

「よくやるな。ただ働きとかありえない」

呆れる柴倉に多喜次が頰を赤らめた。

「う、うるさいな。いいんだよ、顧客ができたんだぞ！」

「あ、本当ですね！　多喜次くんのごひいき様ですね！　おめでとうございます！」

まだまだ下働きで仕事らしい仕事もさせてもらっていないのに、一カ月に一回とはいえ、多喜次を指名してくれるお客様ができた。それはとてもすごいことだ。祐雨子が喜ぶと、多喜次はますます赤くなった。

「そうだった。オメデトー」

柴倉に乾いた拍手とともに褒められると、多喜次は傘を二本持った手を振り上げた。

「お前！　なんで急に絡んでくるんだよ⁉」

「絡んでません、言いがかりです」

へっと鼻で笑う柴倉の首元に、きらりとチェーンネックレスが光る。ギスギスしていた二人だが、ギスギスなりに前に進んでいるらしい。

「逃げるな！　っていうか、自分の傘は自分で持て！」

両手をポケットに突っ込んですたすたと走り出す柴倉を多喜次が追いかける。学生気分の抜けきらない二人だが、その背中はなんだかとても頼もしい。なんにでもまっすぐに打ち込む熱意は、とても尊いものだと思う。

祐雨子が遠ざかる二人の姿に目を細めていると、

「祐雨子さん！」

振り返った多喜次が大きく手をふった。

第三章

どこにも売ってない

1

赤い番傘《ばんがさ》を手に鷹橋《たかはし》みつ子《こ》が再び店に訪れたのは、梅雨《つゆ》入りしてしばらくのことだった。

「いらっしゃいませ」

柔らかな水浅黄《みずあさぎ》色の着物には季節の花である紫陽花《あじさい》が秘めやかに咲いている。雨に濡《ぬ》れるさまが雅《みやび》で上品だ。祐雨子《ゆうこ》の和装は仕事用だが、みつ子は普段から着物を身近なものとして身につけている。九十を迎えてなおぴんと伸びた背がまぶしい。

「あ、多喜次《たきじ》くんは今、学校で……」

「今日は、少し見せていただきたくて」

なんとなく歯切れ悪くそう口にして、みつ子は説明を求めるでもなく、ショーケースに並ぶ和菓子を一つずつじっくりと見ていった。六月の和菓子は種類が多い。けれど多いといっても十六種類である。どんなに時間をかけても十分とたたず見終わってしまう。

みつ子は難しげに眉をひそめ、もう一度同じことを繰り返すように和菓子を一つずつじっくりと見つめた。とくに『紫陽花』に注目しているようだが、なにかが違うと言いたげに視線をはずしてしまった。

「どうしたの？」

背後から聞こえてきた小さな声に、祐雨子ははっと振り向く。「よっ」と片手を上げた柴倉《しばくら》は、店に慣れたのか、チェーンネックレスを取り戻せたのがよほど嬉《うれ》しかったのか、ちょっと砕けた様子で笑っていた。

祐雨子は小首をかしげてからみつ子へ視線を戻した。柴倉もみつ子の行動が気になるらしく、和帽子をかぶり直して調理場から出てきた。

「なにかお探しですか？」

ショーケースから視線をはずしたみつ子が店内の棚をぐるりと見て、羊羹《ようかん》や干菓子《ひがし》、せんべいといった日持ちする和菓子に首をひねったのを機に祐雨子はもう一度声をかけた。

みつ子は困ったような顔をしながら祐雨子を見る。

「和菓子を探しているのよ。……なんて言えばいいのかしら、こう、みごとな青色の、雫《しずく》型の和菓子なのだけれど」

「……雫型」

和菓子は創意工夫だ。否《いな》、料理はすべて創意工夫だ。ケチャップでがつんと味付けしたオーソドックスなナポリタンが本場イタリアでは存在しないように、ふわふわのスポンジケーキに生クリームと苺《いちご》が食欲をそそるショートケーキが世界にないように、日本で生まれ、日本で愛される料理というものが存在する。

だから涙型の和菓子があっても不思議はない。とくに今は梅雨である。どこかの和菓子職人が、ちょっとした遊び心で作った可能性だって十分にある。

「申し訳ありません、当店にはそのような和菓子は……あの、お作りしましょうか？」

作るのはさほど難しくなかった。希望の色に着色した練り切りで餡《あん》を包み、形を整えるだけだ。キャラものだって、祐《たすく》は職人の意地にかけて作るだろう。

「こちらでは、置いていないのよね？」

念押しされて祐雨子がうなずくと、みつ子は考えるように口をつぐみ、すぐに微笑《ほほえ》んだ。

「ごめんなさいね、変なこと訊《き》いて。あら、山菜おこわがあるわ。一ついただこうかしら」

話を切り上げ、みつ子は山菜おこわを買って帰っていった。アク抜きしたわらびと歯触りのいい筍《たけのこ》がたっぷり入った山菜おこわは、シイタケの旨味《うまみ》とニンジンの橙色《だいだい》が鮮やかに食欲をそそる人気の品だ。もち米で炊いてあるため腹持ちもよく、なにより、旨味を十分に吸ってふっくらもちもちに炊きあがったおこわはお箸《はし》が止まらなくなるほどにおいしい。わざわざ山菜おこわだけを買いに来るお客様も多かった。

「ほしい和菓子があるなら作ってもらえばいいのに」

ぽつんと柴倉の声が聞こえてきた。

「祐さんって昔気質《かたぎ》じゃないし、たぶんそういうの好きなタイプだよね？」

「そうですね。創意工夫が好きで、練り切りに関してはなんでも試してみたがります」

和菓子を買うことが目的ではなかったのか、みつ子に提案しても話題を変えられてしまった。奇妙に思ったが、別のお客様がやってきて、すぐにその疑問は意識の外へと追いやられた。


「シナモンは抗菌作用やリラックス効果、それから血行促進の効果もあります。だから冷え対策やむくみにもおすすめで、エイジングケアにもなります。女性の味方なんです。もちろん男性にもおすすめですよ。抜け毛予防にもいいと言われ、万能です」

さらさらと営業トークが流れていく。

「じゃあこっちは？」

きゃっきゃと犬のママさんたちがショーケースを指さす。

「ゆずにはクエン酸が含まれています。乳酸を効率よく分解することで疲労感をやわらげ、ビタミンCはレモンの三倍、もちろん美肌効果も期待できます。あ、でも、必要ないかも」

柴倉が口ごもると、犬のママさんたちは不思議そうな顔をした。

「きれいな方ばっかりだから」

ぽつんと続く言葉に、「じゃあこれ！　イケメンくんが作ったやつ三ついただいていこうかしら！」「もう、関口《せきぐち》さんったら！」と、テンションの高い言葉が飛び交う。

「やっぱり料理のできる男の子っていいわよねえ。うちもよく言ってるのよ。料理男子はモテるって！」

ラブラドール・レトリバーのママさんが潑剌《はつらつ》と断言する。

「息子の手料理って憧れよね。わかるわあ」

梅雨の長雨をものともせず話に花が咲く。いやむしろ、咲き乱れている。

「柴倉くん何者ですか⁉」

祐雨子は人知れずよろめく。商品はすべて販売前に試食し、祐から食材やテーマに関して説明を受ける。祐雨子の知識も柴倉の知識もスタートラインは同じで、人によって案内する商品を変えるし、セールストークも変化させている。けれど祐雨子には、柴倉みたいにうまく相手をその気にさせるような百戦錬磨《れんま》の話術はない。

そもそも彼は無口だったはず。説明を求められれば商品の名前を読み上げ、箱詰めは丁寧ながらも会計をすませると世間話には耳も傾けず、丁寧かつ強引にお客様にお帰り願うスタンスではなかったのか。話し好きだとうすうす気づいてはいたが、外見そのままに中身がごっそり変わってしまったかのような変貌《へんぼう》ぶりに動転してしまう。

「他におすすめは？　たくさんあって迷っちゃうのよ」

別の犬のママさんに尋ねられ、柴倉は考えるようにショーケースを覗《のぞ》き込む。

「おすすめかー。ここの和菓子、どれもおいしいからおすすめなんだけど、お姉さんみたいにきれいな人なら、やっぱり『雨音』かなあ。これは求肥《お餅》の表面に錦玉羹《ようかん》で雨を表現しているんだけど、まるで、雨の向こうから訪れる恋しい人を待っているみたいでしょ？　ロマンチックな雰囲気が、お姉さんにぴったりだと思うんだ」

まっすぐ見つめて微笑むと、彼女はぽっと頬《ほお》を染めた。

「え、そう？　じゃあ、あの、『雨音』を追加で四ついただこうかしらっ！」

「ありがとうございます」

「伊里《いり》さんはそれ買うの？　ああ、どうしよう。迷っちゃうわ」

「あ、そちらのお姉さんにはこっちの……」

にこにこと微笑んで和菓子をすすめていく手腕に祐雨子は驚愕《きょうがく》した。

「お、恐ろしい子……!!」

なにが恐ろしいかといえば、彼が売り込んでいる和菓子がことごとく動きの鈍い品である点だ。おいしいとかおいしくないだとかいう理屈ではなく、なんとなくみんなが好んで買っていく〝売れ筋〟商品ができていく中で、彼はそのラインナップからはずれてしまった商品をピックアップしている。おかげで和菓子がまんべんなく減っている。もちろん計算のうえでやっているのだろうが、それでも考えるほど簡単なことではない。

ぶるぶる震えていた祐雨子は、背後から視線を感じて振り返った。

「イケメン様かよ……!!　顔よくて、身長高くて、細マッチョで、仕事できて口もうまいってか⁉　それ男の敵じゃね⁉」

帰宅した多喜次が壁に張り付いていじけている。

「多喜次くん……」

祐雨子に見つめられていることに気づき、多喜次は慌てて言葉を継いだ。

「お、俺、別に羨《うらや》ましくないから！　すぐに追いつくし！」

ほぼ同じ時期に働き出したせいか、柴倉に対する多喜次の対抗心は強く、必死で訴えられてしまった。うなずいてもうなずかなくても多喜次の自尊心を傷つけてしまいそうで、祐雨子の反応も微妙なものになってしまう。

みんなで犬のママさんたちを見送ったあと、多喜次がキッと柴倉を睨《にら》んだ。

「覚えてろよ！　今日の戦利品、一個しかわけてやらないんだからなー!!」

言い捨てて多喜次が階段を駆け上がる。どうやら一つはわけてあげる気らしい。最近の多喜次は、勉強と称してお金を工面しつついろんなものを食べに行っている。多くは調理師専門学校の仲間たちとだが、たまにこうしてデザート《戦利品》を持って帰ってくるのだ。

「くれるんだ」

くつくつと柴倉が笑う。調理場を覗くと半透明のビニール袋が作業台の片隅《かたすみ》に置かれていた。なにが入っているのかと気にしていると、すぐに多喜次が下りてきた。汚れてもいいように、けれど清潔に見えるように、すっきりとしたシャツにパンツという組み合わせだ。腰下エプロンを巻いて、「さあ」とでもいうように手を叩いた。

「おやっさん、ちょっと休憩入りませんか?」

祐が調理場の奥で「おお」と返事をする。都子《みやこ》は帰宅していたので店にいるのは祐と多喜次、柴倉、祐雨子の四人である。あらためてビニール袋を見た柴倉は、「げっ」と声をあげた。不思議そうな顔をした祐は、すぐに納得したように苦笑する。

「なんだよ?　今日は『虎屋《とらや》』の和菓子だぞ」

胸を張る多喜次に、柴倉は思いきりいやそうに顔を歪《ゆが》めた。柴倉は和菓子嫌いだが、仕事として試食はちゃんとやっている。だから多喜次はそのことを知らなかったのだ。

柴倉は冷ややかに多喜次を睨んだ。

「和菓子屋がよその店の和菓子買ってきて食べるって意味わからない。マゾなの?」

「誰がマゾだ！　『虎屋』の和菓子は代々受け継がれてきた伝統の味だ。勉強になると思って買ってきたに決まってるだろ！　食え！」

豆大福を突き出した。

「俺、豆大嫌い」

にっこりと微笑んで柴倉が豆大福を押し返す。

「それでも和菓子職人か⁉」

「職人になる気ないし。あ、和三盆《わさんぼん》ならもらってあげる」

おひねりのように小さな和紙でくるまれた和三盆を一つ手に取って、ひょいと口に放り込む。上質の和三盆糖で作られた干菓子は口の中でじわりと溶け出し、口いっぱいに上品な甘みが広がる極上の品だ。嚙《か》んだときの歯触りも軽い。

「……なんで和菓子なんて買ってきたの？」

店内で饒舌《じようぜつ》だったときの名残なのか、和三盆をもう一つつまみながら柴倉が尋ねる。彼の変容に戸惑いはあるものの、コミュニケーションを取る気になってくれたのはいいことだと祐雨子は一人ほくほくする。

「だから、勉強だって言ってるだろ。前に行ったとき気になってたんだよ。もうちょっとわかりやすい場所にあったら繁盛しそうなのに……民家に埋もれて一発で行けないのって痛いよなあ、もったいない」

お茶を淹《い》れながら多喜次が溜息《ためいき》をつく。

「あそこらへんは建売がどんどん作られて、バブルが弾《はじ》けたと同時に住人が出ていったんだ。個人の力じゃどうにもならん。一人で切り盛りするにも限界があるしな」

祐の声には同情の色が濃かった。『つつじ和菓子本舗』は幸い駅も近く、大きな通りに面しているため往来も多い。最近ではリピーターも増え、以前のように一日の売上が数千円しかないなんてこともなくなった。なにより、バイトを二人も入れられるほどゆとりができたのが、売上が安定している証拠だ。

「そっか……こら、柴倉！　生菓子も食えって！　あ、酒蒸しまんじゅううまいらしいぞ。厳選した酒蔵から買いつけた酒粕《さけかす》で作った極上の一品！」

「嫌い」

「柴倉ー!!」

多喜次が来るようになって、店内が賑《にぎ》やかになった。どうやら彼には、周りをぐいぐいひっぱっていくパワーがあるらしい。

「おやっさん、『虎屋』の『長雨《ながあめ》』どうですか？　『長雨』！　錦玉羹《きんぎょくかん》のみごとなグラデーション！　中はこしあんをくるんだ求肥《ぎゅうひ》です！」

「ちっ。相変わらずいい腕してやがる」

しとしとと降り続く雨を表す錦玉羹は、深い青から明るい青に色を変え、訪れる夏を待ちわびるようにつつましく美しい。こんな腕を持つ職人の店が廃《すた》れているだなんて、確かにとても残念な話だ。

祐雨子は酒蒸しまんじゅうを手に取る。ふわりと香るお酒のかすかなにおいに、小さくそっと、息をついた。

さらに数日後。

しとしとと降り続く雨に皆がうんざりしはじめた頃、思いつめたような顔でみつ子が店を訪れた。午前中の授業を終えて帰ってきていた多喜次と視線を合わせ、祐雨子はショーケースの裏から出てみつ子を出迎えた。

「いらっしゃいませ。……どうかされましたか？」

おずおずと――本当に、おずおずと、みつ子は紙袋を祐雨子に差し出した。

「これは、こちらのものでいいのかしら？」

紙袋を受け取って、視線だけで多喜次を呼ぶ。店で扱うのは二種類、ビニール袋と紙袋だ。小さなビニール袋にはなにも印刷されていないが、大きなものには店のロゴが入っている。そして、紙袋にはすべて『つつじ和菓子本舗』の文字が毛筆体で書かれていた。受け取ったのは確かめるまでもなく『つつじ和菓子本舗』の紙袋である。

「当店のものに間違いありません。……あの、なにか不都合が……？」

少し、いやな感じがした。訊いてはならない言葉を唇にのせてしまったかのような、焦りのような動揺。

「――それが、郵便受けに入っていたって言うのよ」

「どなたが？」

「一番末の娘が。娘といっても、もう五十に近いんですけどね。その袋が郵便受けにあったって言って……ほら、中華まんじゅうをこちらで作っていただいたでしょ？　同じ店のものなんじゃないかって、持ってきたのよ」

「袋だけ？」

多喜次が口を挟むと、みつ子がどこか恥ずかしそうに頬に手をあてた。

「それが、中身は孫娘が食べちゃったんですって」

「……食べたって」

「誰が届けてくれたかもわからない和菓子を。長雨が嫌いで、憂鬱《ゆううつ》だったときにかわいい和菓子が届いていて、浮かれてしまったらしくて」

ええっと、祐雨子と多喜次の口から動揺の声が漏れる。

「え、あの、でも誰か、知り合いが買ってくれて、留守だったから郵便受けに入れておいたとかいう、そういう可能性は」

わたわたと多喜次が言葉を継ぐ。

「訊いて回ったんだけど、いなかったらしいの。一度目の雫型の和菓子が届いたときは娘が気味悪がってすぐに捨てたんだけど、二度目は先に孫娘が見つけてしまったみたいで、……もともと和菓子の好きな子だったから、こっそりと食べてしまったんですって」

「気持ち悪くなりませんでしたか？　お腹《なか》が痛くなったりは？　今はどんな様子ですか？　まさか、入院されたとか……⁉」

一大事だ。祐雨子の顔からさっと血の気が引く。苦しそうに寝込む女の子の姿を思い浮かべると声が震えた。食中毒の原因は、細菌、ウイルス、天然毒素、化学物質や寄生虫などである。『つつじ和菓子本舗』で発生するなら間違いなく細菌かウイルス性の食中毒だ。湿度の高い六月、十分に気をつけていたというのに――。

「ええ、大丈夫よ。ケロッとしてたわ」

みつ子の返答に祐雨子が胸を撫《な》で下ろした。店内の異変に気づいたらしい柴倉がのれんの脇でチッと舌打ちしている。お客様の無事を知って舌打ちだなんて、なんてことを――

と眉をひそめていると、多喜次ががっくりと肩を落とした。

「よかった……っ!!」

そして、集まる視線にわれに返る。

「や、おやっさん疑うわけじゃないけど、食中毒となると保健所の調査が入るでしょ。そうするとお店は休みにしなきゃならなくなるし、材料仕入れた店にも迷惑かかるし、俺たちもいろいろ訊かれるし、それ以上に風評被害が……!!」

とても素直な意見だ。しかしそれは、お客様の前で言ってはならないことだ。

「多喜次くん」

めっと、ついつい子どもに接するように人差し指を立てると、多喜次はぎゅっと肩をすぼめた。「あの、それで」と、みつ子は場をとりなすように言葉を継いだ。

「その和菓子があまりおいしくなかったみたいで……」

「「おいしくなかったんですか!?」」

祐雨子と多喜次の声がみごとに重なった。お互いに顔を見合わせ、同時にみつ子を見る。

「「どんな和菓子だったんですか!?」」

「え……ええっと、紐《ひも》みたいに伸ばしたものをぐるぐると巻いていて、棒がくっついてる、みたいな感じかしら」

うん？　と多喜次はこめかみを押さえ、祐雨子も首をかしげる。みつ子の説明で思い浮かんだのは、駄菓子屋で見られるような棒の刺さった飴《あめ》――いわゆる『ペロペロキャンディ』だ。それはいかにも子どもが好きそうなお菓子だった。

「ペロペロキャンディ型の和菓子？」

「それがよくわからなくて」

「それ、カタツムリじゃないですか？」

確認する多喜次と戸惑うみつ子の会話に言葉を挟んできたのは、じっと話を聞いていた柴倉だった。ぐるぐる巻いた部分が殻《から》のイメージなら、棒は体といったところか。

「店頭にはないのよね？」

みつ子に確認されて祐雨子はうなずいた。カタツムリをかたどった和菓子は過去に一度も店頭に並んだことがない。

「警察には？」

柴倉が慎重に尋ねると、みつ子は首を横にふった。

「まだ通報はしていないみたい。郵便受けに和菓子が入っていただけだし、それに……袋がこちらのものだったから……」

「もしまた届くことがあっても食べないようにしてください。引き取りにうかがいます」

「わかりました」

祐雨子の頼みに、みつ子はこころよくうなずいて帰っていった。見送ったあと、祐雨子はみつ子が置いていった袋に視線を落とした。郵便受けに入れるときに曲げたのだろう、袋の下部に不自然な折り目がある。だがそれ以外は注目すべき点のない紙袋だ。

「はじめに来たのは雫型の青い和菓子で、次はカタツムリ、ですか」

わざわざ和菓子を作るなんて、梅雨時のいたずらとしては手が込んでいる。祐雨子が思案していると、ひょいと手元を覗き込んできた柴倉が「メッセージ？」と尋ねてきた。

「悩むまでもないだろ」

割り込むようにして柴倉を押しやり、多喜次が過激な一言を口にした。

「店名の入った袋にうまくない和菓子を入れてるんだ。そんなの嫌がらせに決まってる」

「でも多喜次くん、嫌がらせに和菓子なんて作ると思いますか？」

「実際に作ってるし」

「風評被害を狙ってるなら相手間違えたんじゃない？　あの人、あんまりことを荒立てるようなタイプには見えない。騒がなければ犯人も飽きてそのうち収まるよ」

柴倉の意見は明朗だ。みつ子は中華まんじゅうの一件から『つつじ和菓子本舗』のことを好意的に見てくれている。もしなにか問題が起こっても、周りに言いふらしたり警察に駆け込んだりするより先に、今回のように店を訪れて相談してくれるだろう。

送られてきた和菓子の意図は謎だが、愉快犯なら騒ぎ立てないほうがいい。

「――犯人が飽きるまで呑気《のんき》に待ってろって言うのかよ。また食べる可能性だってゼロじゃないだろ。今度は体調崩すかもしれない。そうしたら――」

食い下がる多喜次に祐雨子ははっとした。店の名誉も心配だが、多喜次はそれ以上に和菓子を受け取ったみつ子の娘家族の心配をしていたのだ。犯人にとっては悪ふざけのつもりでも、相手の心に深い傷を残すことだってある。

「おやっさん！　俺、今日のバイト休みます！」

調理場にそう怒鳴り、多喜次は腰下エプロンをはずすなり店を飛び出した。呆気《あっけ》にとられた柴倉は、祐雨子の顔をちらりと見た。

「なんですか、あの熱血さんは」

「多喜次くんは昔からああですよ。思い立ったら即実行なんです」

「暑苦しい男」

「そこが多喜次くんのいいところです」

祐雨子の一言に柴倉は肩をすくめた。多喜次はその日、みつ子の娘家族の家――赤木《あかぎ》家の場所を訊き、夜まで張り込んだ。赤木家は、『つつじ和菓子本舗』の最寄り駅でもある花城《はなしろ》駅の裏通りを突き進み、自転車で十分ほど走った先にある閑静《かんせい》な住宅街に建っていた。近くには公園やバス停があって、人通りが少ないというわけではない。そんな中、人目につかないよう郵便受けに細工するのは困難と言えた。

赤木家を見たとき、多喜次は犯人の大胆さに驚いたらしい。

幸いにしてその日はなにも起こらなかった。

翌日は学校だったが、やはりトラブルはなかった。

梅雨の晴れ間にのぞいた青空に、祐雨子はほっと胸を撫で下ろした。このままなにも起こらないのではないか——そう思った矢先。

梅雨の晴れ間が終わったと同時、事件は再び起こった。

2

時刻は夜の七時半。

作業台を囲むのは、祐、祐雨子、柴倉、そして、多喜次の計四人。作業台の上には、本日夕方四時から六時のあいだに届けられたとおぼしき『花城駅前デパート』の紙袋が一つ。

「……で、これは？」

祐に問われて多喜次は祐雨子と柴倉を見た。そこでようやく謎の和菓子事件の経緯が祐の耳に入ることになった。もっと早くに相談すべきだったのだが、なんとか捕まえてやろうと鼻息を荒くする多喜次と、そんな多喜次を見てしばらく様子を見ることにした祐雨子、〝われ関せず〟精神で口をつぐんだ柴倉の三人の行動が報告を遅らせたのだ。

結果として、みつ子から相談を受けた四日後に、

「ちょうど用意があって近くを通ったから」

と、わざわざ出向いてくれた彼女の手によって現物を拝むことになった。

しかし、袋が和菓子屋のものではなく近所のデパートのものだった。多喜次はゴクリと唾《つば》を飲み込んだ。見張っている多喜次に気づき、犯人がわざわざ別の袋を用意したのかもしれない。そして、多喜次が見張っていない時間帯を狙って犯行に及んだ。

お前のことはすべてお見通しだ——そんなふうに陰で笑う犯人を思い浮かべ、多喜次はぐっと唇を噛んだ。

安い正義感で突っ走った自分は、果たして正しかったのだろうか。

押し黙っていると祐が紙袋からフードパックを取り出した。フードパックの中には、なんだかよくわからない青色の和菓子らしきものが一つ、ぽつんと入っている。

和菓子は調和だ。移ろいゆく季節を映し、機微《きび》を切り取り、手のひらに収まる小さな菓子の中《世界》にすべてを凝縮させる。その芸術は、先人たちの思いと職人たちの技術で形作られている。

けれど、取り出されたものはそうではなかった。

「……これ、なんでしょうか……？」

沈黙の中、ようやく言葉を発したのは祐雨子だった。青と紫のまだらのそれは、表面がぶつぶつと隙間《すきま》なく突起していて、見れば見るほど気持ちが悪い。着色料の量を間違えたのかと思うほどどぎつくて、ネット界隈《かいわい》をざわつかせる海外のお菓子のようだった。

「……ハリネズミ、とか」

形から想像し、多喜次が答えてみる。

「ウニ」

柴倉は投げやりだ。

ふんっと鼻を鳴らした祐が、青い部分をつまんだ。青い染料で指が汚れるのを見て、多喜次は「ひいっ」と声をあげた。ちょっと色づけに、という量ではない。明らかに着色料の入れすぎだ。いくら安全と言われても限度がある。

けれど、そんな多喜次の動揺など意に介さず、祐は青い染料まみれのなにかを指でこねてにおいを嗅《か》ぎ、ひょいと口の中に放り込んだ。

「お父さん⁉」

「「げっ」」

純粋に祐の体を心配して叫ぶ祐雨子と、それを食うのか⁉　という驚愕を隠すことなくうめく新人二人。かすかに開いた祐の口の中はブルーハワイも真っ青な青さだった。

祐は口をもごもごとさせながら「なんだ？」という顔をする。

「やけに粉っぽいな。米粉や餅粉じゃない……これは……」

もう一つまみ口に放り込もうとする祐に仰天し、多喜次と祐雨子が慌てて止めに入る。

みつ子の孫娘が平気だったのだから食べられるもので構成されているのだろうが、だからといって、いかにもまずそうなものを追加で食べようだなんて気が知れない。

「おやっさん、腹壊します！　ヤバいですよ！」

一度は止めてみたものの、未知の料理というものが急に気になり出した。食べることでなにかがわかるかもしれない、なんて前向きな希望も湧いてくる。

「お、俺も、ちょっとだけ……」

「多喜次くん⁉　しっかり！　惑わされてはだめです！」

祐雨子の声を聞きつつブチッと引きちぎれたものを軽く潰《つぶ》してみた。思ったほど弾力はなく、乾いた表面にヒビが入る。きれいに混ざりきっていないのか、どぎつい青の中に白く粉っぽい部分が見えた。かすかに穀物独特のにおいがする。好奇心に負けた多喜次は、謎の物体を口の中に放り込んだ。前歯で簡単に切れるそれは祐が言う通り粉っぽく、大量の砂糖が加えられているのか頭が痺《しび》れるくらいに甘かった。思わずむせ、慌てて流し台に駆け寄って蛇口をひねる。勢いよく流れる水をコップで受け止め、一気にあおった。

「な、……んだ、これ……⁉」

これをおいしいだなんて言い出したら味覚のほうが心配になる。みつ子の孫娘がまずいと言ったのももっともだ。

「多喜次くん、大丈夫ですか？」

「誰が作ったかもわからないもの、よく食べるな……」

祐雨子は心配し、柴倉は引いていた。祐は冷静に、一人てきぱきとお茶を淹れ、「ん」という声とともに多喜次に湯呑《ゆの》みを差し出した。

「ありがとうございます」

受け取って一口飲み、ほっと息をつく。

「──なにが入っていると思う？」

祐の問いに、多喜次はどきりとした。学校では、卒業間近に料理再現のテストがあるという。和菓子専攻の多喜次には縁のないテストだが、それゆえ憧れのテストでもあった。思わず背筋がぴんと伸びた。

「えっと、食用色素の青、……と、砂糖。あとは……」

メインになるものがよくわからない。粉もの。祐は米粉でも餅粉でもないと言った。和菓子で一般的に使用されるくず粉やわらび粉とも違う。色でいうならオフホワイト——和菓子の材料ではないのかもしれない。もしかしたら食材でもなかったのではないか、という疑念を抱いたが、食べてしまった手前、不吉な思考は頭から追い出した。

「こ、小麦粉」

思い出す中で一番ポピュラーなものを挙げてみた。多分に願望が含まれていた。

多喜次の一言に、祐が「おっ」というように片眉を上げた。

「そうだ。小麦粉だ。原料は、小麦粉と、砂糖と、着色料。この三点だろうな」

多喜次がほっと胸を撫で下ろすと、

「加熱はしてない。練り込んだだけだ」

無情な声が続いた。

「ま、待ってください！　小麦粉って小麦をひいた粉ですよ⁉　加熱するのが前提だから消化に悪くて、ヘタしたら腹壊しますよ⁉」

「アメリカではクッキー生地をつまみ食いする人がいるらしいですよー」

「黙れ、柴倉！　あれは食うなって医薬品局が注意してるレベルなんだよ！　なんで食うんだよ、クッキー生地って普通に生だろ！　被害が出てるんだぞ！」

「鷹橋さんのお孫さんがお腹壊してなくてよかったです……」

両手を胸の前でぎゅっと握って、祐雨子が涙目で安堵《あんど》している。

「よく知ってるな」

「学校で習ったんです。小麦粉は加熱するようにって」

感心する祐に多喜次は力なく笑う。それだけ多喜次には知識がないと思われているのだ。料理をする人間なら当たり前に知っていることが、多喜次にははじめて聞く内容になる。なんだかそれが、とても情けなかった。

――だが、これでようやく、届けられたものが見た目以上に危険なものだとわかった。

祐が無言で電話を取る。

その横顔はとても険しかった。

「鷹橋さん、どうするのかな」

祐がみつ子に電話をしたのはもう一時間も前だった。一通り話し終え、祐は判断を彼女に委《ゆだ》ねて帰途についた。祐雨子も同じく帰ってしまったので、店内には多喜次と柴倉の二人しかいない。

「それより問題がある」

残された青い和菓子もどきを見ながら悶々《もんもん》としていた多喜次は、柴倉の声に顔を上げた。彼は大鍋《なべ》の蓋《ふた》をバシバシと叩く。

「俺、ここに来てから主食が米と豚汁なんだけど」

「だから？」

「お前だけ食事行ってずるい」

「俺は自分のお金で行ってるの！　だいたい豚汁だって俺が作ってるんだぞ!?」

「……俺まだバイト料もらってない」

女子ならざわつきそうな懇願の眼差《まなざ》しだが、多喜次には当然ながら通用しない。むしろ、こんな顔で祐雨子を惑わせているのかと思ったら腹が立ってきた。

「ここ来る前働いてたんだろ!?」

「一週間でやめて、その金でぱーっと遊んだら親からげんこつ食らって」

「お金の使い方知らない子に渡すお金はありません！」

「えー」

実際に財布はカツカツだ。食費だけでもかなりかさむ。それなら外食をひかえればいいのだが、「この店は勉強になる」と誘われると行きたくなる。おいしいお菓子は後学のために食べておきたい。なにせそれまで食べ物は腹が膨れればいいと考えていた多喜次には、同年代の学友たちと比べ、あまりにも知識が足りないのだ。世の中にはおいしい料理がたくさんあった。店は食事を提供する場所ではなく、料理を演出するための空間。スタッフもそれを心得ていて、そうして特色のある店内は見ているだけでわくわくさせられる。

そんな店作りもいいなと、多喜次はぼんやりと思うのだった。

「風呂代だってバカにならないし」

不満げに聞こえてきた柴倉の声に多喜次は現実に引き戻された。

風呂代は多喜次にとっても痛い出費だ。実際、財布が着々と軽くなっているのを実感する。もう奥の手を使うしかない。

「出かけるぞ」

「え、なに、奢《おご》ってくれるの？」

嬉しそうに尋ねる柴倉を見て、これなら無口なときのほうがよかったと内心思いつつ着替えを持ってくるよう言い、多喜次も自分の着替えを袋に突っ込んだ。裏口から店を出て施錠し、わくわくとついてくる柴倉を引き連れて隣の店の裏口のドアを叩いた。

「って、隣かよ⁉」

小気味よい突っ込みを無視して裏口のドアを開ける。

「悪い、風呂貸して」

「あ、タキ、久しぶり。聞いて聞いて、『ぬっくくん』買っちゃった！　電子レンジであったためてお風呂に入れておくと保温してくれるんだよ！」

追い炊きができないため購入したらしい。声を弾ませ湯たんぽ型の『ぬっくくん／ピンク』をかかげ持ったこずえは、多喜次の後ろに人影を認めて慌てて手を下ろした。

「会うのはじめてだっけ？　俺と一緒にバイトに入ってる柴倉」

「あ！　犬のママさんたちが、格好いい男の子がバイトに入ったって喜んでた！」

こずえの言葉に多喜次はちょっぴり胸を痛めた。まあ確かに、多喜次はイケメンという部類ではない。整っているとは言われるがそれ以上の賛辞は耳にしたことがないし、鏡を見る限り平々凡々な顔立ちだと思う。しかし、ここまではっきり自覚したのははじめてだ。

「こんばんは、お邪魔します」

にもかかわらず、柴倉は空気を読まずにぐいぐいと多喜次を台所に押しやって「柴倉です」と軽く会釈《えしやく》した。格好いいという単語は言われ慣れているのか、まったく気にした様子がない。肯定はもちろんのこと、謙遜《けんそん》すらしないのだ。

「で、どちら様？」

柴倉に続けて訊かれたので、

「兄貴の婚約者の遠野《とおの》こずえ。今こっちに住んでるんだ」

「……あー、祐雨子さんが、隣の鍵屋は多喜次くんのお兄さんのお店です！　とかなんとか言って……って!!」

最後の「って!!」で、進行方向を変えさせられたあと、食器棚に背中を押しつけられた。

「なんだよ」

「そっちこそなに⁉　普通来ないよね⁉　実の兄の同棲《どうせい》先に、風呂借りになんて！　どう考えたって迷惑！　そういうことしてると破談になるってわかんないかな⁉」

小声なりに精一杯の怒気を込めて注意され、やっぱそうだよなぁ、と再確認する。ちらりとこずえを見ると、『ぬっくくん』の耳っぽい突起を手にきょとんとしていた。

「兄ちゃんは？」

逃げ腰になってついつい違うことを尋ねたら、柴倉に小突かれた。

「二階。ちょっと前に空き巣被害が続いて、鍵の取り替え依頼が多くなって、これからまた仕事に出かけるって……あっ」

階段の軋《きし》む音と足音が重なって聞こえ、こずえが顔を上げる。壁一枚をへだてた先で、

「行ってくる」と兄の声がした。

「淀川《よどがわ》さん、タキが来てる」

こずえの声につられたように、兄がひょいっと顔を出した。後ろで柴倉がちょっとのけぞっている。表情が乏《とぼ》しい兄は、第一印象がわりと悪い。口数が少ないので、第一印象が継続されて「なんとなく近寄りがたい」雰囲気になる。まあ、顔がいいのでモテることはモテるのだが。

「……ごゆっくり」

多喜次と柴倉を見て、弟が新人バイトをつれて風呂に来たと察してくれたらしい。一声そえて靴を履き、見送るこずえの頭をぐりぐりと撫でて店を出ていった。

「お、俺嫌われた⁉」

「いつもあんな感じだから気にすんな。……で、さ、風呂なんだけど」

焦る柴倉を軽くなだめ、多喜次はこずえに声をかける。すると彼女は自分の頭を撫でながら、はにかんだように笑った。

「うん、入れるよ。あ、ごはんもどう？　キムチ鍋の準備してたんだけど、淀川さん、仕事入っちゃって食べられなくなったから……」

「『いただきます』」

こんなところばかり気が合って、多喜次は思わず柴倉を睨んだ。風呂を借りることさえとんでもないと言っていた男が、料理にはあっさり折れた。しかしこずえは気にした様子もなく、柴倉を風呂場に案内して使い方を伝え戻ってきた。

「迷惑じゃないのか？」

「……ど、どうしたの、タキ⁉　風邪⁉　熱でもあるの⁉」

慌てて伸びてきたこずえの手を、多喜次はするりと避けた。きょとんとするこずえに多喜次はちょっと肩をすぼめる。

「押しかけて風呂貸せとか……飯とかも。普通、迷惑だろ？」

こずえは目を瞬《またた》いて小さく笑った。

「お母さんが忙しかったから、私、家では一人のことが多かったし、鍵屋でも淀川さん出かける時間長いから、タキが来てくれると嬉しいよ？」

さらりと答える内容が不憫《ふびん》すぎて、父が結婚を認めない気持ちもちょっとだけわかってしまった。それと同時に、こずえだからこそ、マイペースな兄と一緒にいられるのだろうとも思う。割れ鍋に綴《と》じ蓋だなんて、昔の人はよく言ったものだ。

腕まくりして流し台に向かうこずえを見て、多喜次はテーブルの椅子《いす》を引き、腰かける。

とたんに深い溜息が出た。

「なあ、郵便受けにお菓子が入ってたらどう思う？」

「郵便受け？　照れ屋さん？」

「――なんで照れ屋さんなんだよ」

　意味がわからず、多喜次は顔をしかめた。

「だって、バレンタインのときとか、直接渡せないと机の中とか下駄箱とか、家を知ってたら郵便受けとかに入れるじゃない？」

「そんな純粋乙女、今どきいないだろ」

「ゼロじゃないと思うけど」

　鍋を火にかけ、キムチ鍋の素を大胆に投入したこずえは、フライパンで豚肉とキムチをざっと炒める。煮立った鍋に白菜や豆腐、キノコ類を投入してキムチを絡めた豚肉を入れ、煮立ったところで、あらかじめ下ごしらえしていたらしいタッパー入りの挽肉《ひきにく》を冷蔵庫から出す。スプーンですくってガンガン投入していくさまはまさに家庭料理という雰囲気だ。キムチ鍋の素を迷いなく使うのがこずえらしい。最後にニラを入れてさらに一煮立ち。

　台所に食欲をそそるにおいが立ちこめ、きゅうっと胃が絞られる。食事もせずに家を飛び出した兄に今日ほど同情したことはない。

「……照れ屋、かあ」

「なにかあったの？」

「んー……あったといえば、あったんだけど……なんかいろいろ中途半端なんだよな。中途半端になったの、俺の責任かもしれないんだけどさ」

ぐつぐつと鍋の煮える音。

こずえに見守られていることにも気づかずに、多喜次はじっと考え込む。はじめはただのいたずらだと思った。郵便受けに和菓子。あり得ない組み合わせ。しかも和菓子はどれも『つつじ和菓子本舗』のものではない。もしも営業妨害なら、風評被害を狙っているなら、店頭に並んでいるものを再現するのではないか。ブログでレビューを載せているのだから形くらいは似せられるだろう。他の客にまぎれて買いに来ることだって不可能ではないはずだ。そもそも、店の袋を持っていたのなら、過去に和菓子を買っていたはずだ。

だいたい――。

「なんで、『つつじ和菓子本舗』だったんだろう」

和菓子屋なんて他にいくらだってある。洋菓子店より目立たないけれど、花城市にだって『花花会』に参加するメンバー以外にもたくさんの店がある。

多喜次はテーブルに突っ伏してうなる。そして、がばりと顔を上げた。

「弟子《でし》一号！　悪い、キッチン貸して！　それから、小麦粉と砂糖！」

言い置いて裏口から外に飛び出し、慌ただしく和菓子屋の裏口の鍵を開ける。明かりがつくのももどかしく棚から青と紫の色粉を掴《つか》んだ彼は、即座に引き返した。

「小麦粉と砂糖、これでいい？」

スーパーで売られている小麦粉と砂糖を差し出し、こずえは困惑顔だ。

「サンキュ」

多喜次が腕まくりしていると柴倉が風呂から出てきた。

「いい湯だったー、ありがとう……って、その人なにしてるの⁉」

ボウルに小麦粉と砂糖を入れてぐるぐるかき混ぜる多喜次に柴倉が悲鳴をあげた。

「いや、謎の和菓子を再現しようと思ってさ」

「なんで⁉」

「気になるだろ。なんであんなの作ったか」

「物好き……‼　あ、遠野さん、あんなの放っておいて食事にしよう。ごめんね、イノシシ男で。走り出したら止まらなくて」

食事に目がくらんだのか、適当なことを言いながら柴倉がコンロの上にある鍋をテーブルに移動させる。いつもは多喜次に全部やらせる彼だが、今日は珍しく積極的にこずえを手伝い、取り皿や箸を並べていた。

「柴倉くん、手際がいいね」

「あー、俺の家って母子家庭だから、こういうのには慣れてるんだ」

しかも饒舌だ。店にいるときとは違い、言葉遣いもずいぶんと砕けている。

「私のところと一緒だね。お父さんは私が産まれる前に死んじゃったから、ずっとお母さんと二人暮らしなんだ」

「へー。俺のところも物心ついた頃には父親いなかったからなあ」

背後でさらっとヘビーな会話が繰り出され、多喜次はちょっと反応に困る。手堅く公務員の父、たまにパートに出るものの多趣味で社交的な母、すでに自立して婚約者がいる兄という家族構成の多喜次にはついていけない話題だ。聞き耳を立てながら、多喜次は砂糖入りの小麦粉に少量の水を投入した。軽くかき混ぜ、さらに水を追加していく。と、いきなりぬちゃっと手にくっついた。慌てて小麦粉を追加し、手についたぶんを剝《は》ぎ取って粉の中に落として混ぜ込む。意外と扱いづらい。生地を半分にわけて青い色粉を落として練り込むと、食欲が減退しそうなほど鮮やかな色になった。続いてもう一方に紫を入れる。くどい。二色並べると和菓子とはかけ離れたなにかになってしまった。

多喜次はそれを同量ずつ取って軽く練り合わせ、丸めた。和菓子もどきとまったく同じというわけにはいかないが、それっぽいものにはなった。

「タキ、ごはん食べなくていいの？」

いつまでたっても席に着かない多喜次を心配してこずえが声をかけてくる。

「んー」

生返事をしつつ多喜次は台所を見回す。

和菓子もどきの表面には大量の突起があった。思案しつつ指でつまんでみるがイメージと違う。もっと先の尖《とが》ったなにかで引っかいたような——。

「これもしかして……弟子一号、フォーク貸して」

「フォーク？」

繰り返しながら箸を置き、こずえが立ち上がる。パタパタとやってきて引き出しを開け、きれいに磨かれた銀色のフォークを差し出した。どこにでもある標準サイズだ。それで和菓子もどきの表面を下から上に引っかく。浅いときれいに模様が出ず、深いと穴が目立ってしまう。微妙な力加減に戸惑いつつ何度も何度も繰り返す。

小さな突起の集合。目を細めて眺めたとき、ふっと閃《ひらめ》いた。

「これ、花だ。全然それっぽくないけど、紫陽花だ……!!」

「ねえ知ってる？　タキジくーん。紫陽花って、装飾花なんだよ。萼《がく》が中央にある花を囲んでるのが額縁っぽいから額紫陽花っていうんだよ。品種改良された紫陽花には花がないものもあるんだよ。だからタキジくんが言ってるのは花じゃないと思うんだー」

「うっせー‼　し、知ってるよ、そのくらい！」

言われてみるとめしべやおしべがなかった気がする。多喜次は赤くなって柴倉を睨み、ポケットから携帯電話を取り出すと勢いのまま指を滑らせ耳に押し当てる。コール音が途切れるのをそわそわと待って、十回目で繋《つな》がらないかとあきらめた――そのとき。

『多喜次くん？　どうかしたんですか？』

祐雨子の声が、奇妙に反響しながら多喜次の耳朶《じだ》を打った。

「え、あれ？　祐雨子さん、今どこにいるの？」

家にいるものだとばかり思っていた多喜次は、慌ててそう尋ねた。

『今、お風呂です』

聞こえてくる声は、耳の中でも頭の中でもエコーしていた。ぶわっと頭の中を湯煙がおおう。響く水音に、乳白色のお湯からのぞく細い肩が思い浮かぶ。お湯が玉になってすっと肌を滑り、キラキラと胸の谷間に消え――。

「……っ……」

ごっと脳みそを揺らすような衝撃とともに妄想が四散した。顔を上げた多喜次は、頭突きを食らわせた壁を撫でたあと、じんじんと痛む自分の額《ひたい》を押さえた。

『多喜次くん、今すごい音が……⁉』

「な、なんでもないから！　それより、あの和菓子もどき、紫陽花だった。それを伝えたくて。それだけなんで！」

『紫陽花？　じゃあ、雫、カタツムリ、紫陽花って、梅雨に関するものばかりが来ているんですね。どういうメッセージなんでしょう？』

電話片手に首をかしげる祐雨子を思い浮かべ、再び妄想が一人歩きしそうな予感に多喜次は慌てた。

「ごめん、こんな時間に電話して」

『いえ、わざわざありがとうございます。それじゃ、おやすみなさい、多喜次くん』

通話が切れる。多喜次はその場に座り込むと耳を押さえた。

「おやすみ」

耳に残る声にそう言葉を返す。おやすみなんて言われるとは思わなかった。幸せすぎて口元の締まりがなくなってしまう。

「タキって本当に祐雨子さんのことが好きだよね」

間近でこずえの声がして、彼女の存在をすっかり忘れていた多喜次は驚きに尻餅をついた。斜め前にしゃがんだこずえが、頬杖をついて興味深そうに見つめてくる。

「うっせー！」

今さら隠す気はないが、あらためて言われるのは恥ずかしい。真っ赤になって睨んでいると、こずえは心得ていると言わんばかりにうなずいて立ち上がった。最悪だ。変なところを見られてしまった。和菓子もどきの正体がわかって嬉しさのあまり慌てて報告したが、明日でも遅くはなかったのに――興奮しすぎた自分がなおのこと恥ずかしかった。

項垂《うなだ》れていると、頭上から「まずい」という声が聞こえてきて、多喜次は顔を上げた。こずえがもごもご口を動かし調理台を見ている。どうやら試食してしまったらしい。

「……見た目は？」

羞恥《しゅうち》にまかせて無視することもできたが、多喜次は細く息を吐き出して質問した。すると、こずえはあらためて和菓子もどきを見た。

「うーん、ポップな感じ？」

ポップときた。和菓子にポップさは必要ないが、全否定とまではいかない反応だ。

「これもらったら嬉しい？」

「嬉しくはない……けど、ちょっとテンションが上がるかも。派手だから」

食べ物としては微妙でも、見ていると楽しくなるものは確かにある。子どもの頃、その筆頭は和菓子だった。

多喜次は立ち上がって和菓子もどきを見た。

材料は単純だ。だが、成形は意外と面倒な謎の物体だ。

じっと見つめてくる柴倉には気づかずに、多喜次はなおも謎の和菓子を凝視していた。

3

七月に入ったある日、傘が届いた。

赤、黄、青、緑、白とカラフルな、手元《ハンドル》は木製っぽい色合いの、傘が届いた。

「……和菓子作りの腕がだんだん上達してませんか？」

「そうなのよ。上手になってるの」

みつ子は愕然《がくぜん》とする祐雨子に困り顔でうなずいた。みつ子の隣には黒髪の少女がいた。

ぱっちりと大きな黒い瞳にほんのり桜色の唇が印象的な、思わず見入ってしまう美少女は赤木美世《みよ》という。憂《うれ》い顔で溜息をつく美少女がみつ子の孫娘で、彼女の家の郵便受けに件《くだん》の和菓子が入っていたのだ。

「食べちゃだめ？」

一度食べた和菓子も、どきがまずかったにもかかわらず、見た目に惹《ひ》かれてちょっと心が揺れているらしい。とたんにみつ子は渋面《じゅうめん》になった。

「だめです、こんな危ないもの。代わりになにか買ってあげるから」

「ほんと？」

ぱっと少女の表情が華やいだ。色づく蕾《つぼみ》が花開くような、誰もがつられて微笑んでしまうほど魅力的な表情だ。身長も小学六年生にしては高く、すらりと伸びた手足のアンバランスさが危うくも美しい。

「ええっと、じゃあね……」

ショーケースの前をぴょこぴょこと歩き回る美世から和菓子好きが伝わってくる。

「どうしよう。全部ほしい！　ねえおばあちゃん、全部はだめ？」

「だめです。食べきれないでしょう？」

「ええー、それじゃあねえ」

悲しげに眉尻を下げながらも、美世が慎重に和菓子を選んでいく。一つ選んでみつ子の顔をうかがって、もう一つ頼む。そしてまたみつ子の顔をうかがい、もう一つ。色鮮やかな、いかにも女の子の好きそうな和菓子が次々とチョイスされていく。こんな顔をされたら、みつ子も強く拒否できないだろう。仕方ないと言わんばかりに愛らしい孫娘が熟考するさまを見つめていた。そして、和菓子を五つ選んだところで、美世は苦渋の決断をするかのようにショーケースから無理やり視線を剝いだ。

「普段はあまり食べないんですか？」

和菓子を箱に入れつつ尋ねると、美世はしょんぼりしたように肩をすぼめた。

「ママが、虫歯になるからだめって言うの。もう子どもじゃないんだから、歯磨きくらいちゃんとできるのに」

そこまで言って、美世は声をひそめた。

「だからいつもはスーパーでこっそり買うのよ。パック入りの白いおまんじゅう。きれいなのは高いから、……おばあちゃん、ありがとう！」

振り返って満面の笑み。なんだか小悪魔的な愛らしさだ。苦笑しつつみつ子が会計をしていると、窓から外を眺めた美世が、また憂鬱そうに息をついた。

「ほら、溜息をつかない。もう郵便受けに入っているものを勝手に食べちゃだめですよ」

「……でも、きれいだし」

「きれいでもだめ。お腹を壊したらどうするんですか」

一瞬、みつ子は迷ったように口を閉じ、こっそりとささやくように言葉を継いだ。

「おばあちゃんがまた和菓子を買ってあげるから」

「わかった！　約束ね！」

上機嫌になった美世は、不満げな表情を引っ込め軽い足取りで店内を歩き回る。そして、窓辺でぴたりと足を止めた。窓の外にいる人間と目が合ったのだ。

「関口さんちの飛月《ひづき》くん」

祐雨子がそう呼ぶので、みんなに名字と名前をセットで覚えられてしまっている少年である。慌てたように首を引っ込めた飛月少年は、一拍おいて入り口の引き戸を開けた。

「よう、赤木。なんか偶然、お前ここに入っていくの見えてさ」

いつもにも増して言葉がぶっきらぼうだ。

「飛月くん！　薄皮まんじゅういかがですか？　おいしいですよ！」

「いらねーって言ってるだろ！」

祐雨子が声をかけると、きいっと言葉が返ってきた。美世がきょとんとするのを見て、飛月少年が慌てたように「だから」と言葉を継いだ。

「隣の店に雪《ゆき》がいるんだ。赤木、雪にずっと会ってなかっただろ？」

「え、雪ちゃんいるの!?　ほんと!?　どこどこ!?」

美世のテンションがぽーんと上がった。頬を紅潮させて興奮する姿は世の男性をすべて虜《とりこ》にしてしまうのではないかと思うほどかわいかった。

「おばあちゃん、ちょっと雪ちゃんに会いに行ってくるね！」

「和菓子は？」

「おばあちゃんの家に食べに行く！　冷蔵庫には入れちゃだめだからねっ！」

慌ただしく美世が店を出ていった。

和菓子は季節を問わず、冷蔵庫に入れず常温で保存し、翌日には食べきるのが好ましい。和菓子好きなら常識だ。だが、小学生の女の子が口にするとは思わなかった。

「将来の大口顧客様」

祐雨子はそっと出入り口を拝み、不思議そうに目を瞬くみつ子を見た。

「そんなに仲のいいお友だちがいるのかしら？　あの子、雨は嫌いだって言って、この時期は毎日憂鬱そうなんですよ。それがあんなに喜ぶだなんて」

「雪ちゃんは、花城中央小学校で飼われていた白猫ちゃんです。今は鍵屋さんにいて、たまに学校の子たちが様子を見に来てくれるんです」

「そうなの。それで……」

合点がいったという顔でみつ子がうなずいた。

「わざわざ美世にまで声をかけてくれるなんて、親切な子ね」

みつ子は感心しながら和菓子を受け取る。そして、郵便受けに入っていたという和菓子もどきをちらりと見た。フードパックに入った傘の形の和菓子と、その隣に置かれたスーパーのビニール袋。スーパーの名は、祐雨子が知っているだけでも何軒か支店のある店のもので、犯人を絞り込む情報としては弱かった。

「……警察には……」

「一通り話はしたけど事件性はないみたいで、不審なものは食べないように指導されたんですって。確かに言われてみればその通りなんでしょうけれど……」

心配なのは和菓子好きの孫娘だけ。変なものを食べさせるくらいなら、親の意向には目をつぶり、今だけでもきちんとしたものを渡すのが賢明――みつ子はそう考えたらしい。

「この和菓子、お預かりしてもよろしいですか？」

「ええ、こちらで始末していただけたら私も助かるわ」

みつ子はそう言い残し、降り続く雨の中、赤い番傘をさしてしずしずと帰っていった。

祐雨子はフードパックを開いて和菓子もどきを指でつつく。

――腕が上がっている。

表面はなめらかで、形も整っていて技術の向上がうかがえる。なにより、はじめの頃はただただ派手だった着色が、〝和菓子風〟の柔らかさまで再現するにいたっている。

「……もしかしてこのまま上手になったら、勘違いする人が出てくるんじゃ……」

和菓子もどきに繊細な模様はない。ぼかしだって入っていない。技術的にはプロと比べようもなく、常連客ならけっして間違えようのない代物だ。だが、普段から和菓子に触れる機会がない人間が、店の名前の入った袋を見たらどうだろう。美世のような子どもなら、あるいは本当に勘違いしてしまうかも——。

ゾッとした。

静かに、少しずつ、状況が悪化している気がした。

翌週、連日の雨で空気もすっかり冷えた日曜日の朝。

「私もおつきあいします！」

ストライプのワンピースに薄手のコートを羽織り、一見するとローヒールにしか見えないレインブーツを履いた祐雨子は、カバンとビニール傘を手に今まさに出かけようとする多喜次に声をかけた。彼はジーンズにロゴ入りのシャツと、限りなくシンプルだ。ただ、防寒用なのだろう、青と紺色が混じり合ったリネンのストールを軽く首元に巻いていた。

「つ、つきあうって」

「赤木家に張り込みですよね？　私も行きます」

祐雨子が宣言すると、多喜次は驚いたように目を見張り、ちらりと調理場の奥――朝生菓子である大福を作っている祐を見た。

「おやっさん、あの……」

言いよどむ多喜次に祐が手を止める。平日の昼間は、家族がいない合間にお茶をしにくる主婦層が多く、夕刻には帰宅途中の会社員やＯＬがひょいと寄っていく。土日は主婦層が減り、来客用にお茶菓子を買い求めにくるお客様が増える。月が替われば置く和菓子も変わり、それに合わせて来てくれる人も多くなる。都子が接客に回るとしてももう一人、接客に慣れた者をおいておきたいのだろう。

祐が神妙な顔で柴倉を見た。「お前が行くか？」と問いかけるような眼差しだ。

「俺、接客も得意なんで」

さらりとかわした。多喜次が顔をしかめ、すぐに安堵し、また顔をしかめ、そして最後に「喜んでいいのか」と言わんばかりに手を打って笑顔になった。なんだかいろいろ葛藤していたらしい。

「祐雨子さんとなら歓迎ですけど、男と二人っきりなんて絶対嫌ですから」

「だ、誰がお前と祐雨子さんを二人っきりで行かせるか！」

多喜次が吼《ほ》えた。いきなり積極的な発言をする柴倉にきょとんとしていると、にっこり微笑まれて手までふられる。祐雨子が思わず振り返していると祐が肩をすくめた。

「じゃあ二人で行ってこい。犯人、捕まえてこいよ」

出かける祐雨子たちに祐がプレッシャーをかけてきた。

あっさりと了承したのは祐も危機感を持ったからかもしれない。和菓子もどきが赤木家だけに届くなら、みつ子があいだに入ってくれる。だが、それ以外の場所で店名が出てしまえば対処が難しくなる。だから今回は、犯人を捕まえるのが急務と考えたのだ。

祐雨子と多喜次はそれぞれ透明の傘をさし、停留所からバスに乗った。バスの利用者は思ったよりも少なく、ときおり人を乗せたり降ろしたりしながら決められた路線を粛々《しゅくしゅく》と進んでいく。

「あれが鷹橋さんの孫娘が通ってる学校？」

多喜次に訊かれ、祐雨子は視線を上げる。民家のあいだからフェンスに囲まれたクリーム色の建物が見えた。

「そうですね。私も引っ越す前に通っていた小学校です」

「……祐雨子さんも、通ってた学校」

小さく繰り返し、遠ざかる校舎をじっと見つめる。と、そのとき、バスが左折し、油断していた祐雨子の体が大きく傾いた。摑まっていた吊《つ》り革《かわ》から手がはずれる。

なにかに摑まらなければ――そう思った祐雨子の体を、多喜次が軽々とささえた。

「大丈夫？」

「は、はい。すみません」

離れようとしたらバスが停留所に停《と》まり、体が再び傾いて、祐雨子はとっさに多喜次の腕に摑まった。

ん？　と祐雨子は多喜次の腕を見る。んん？　と、自分の両手に力を込める。硬い。しかも、思ったより太い。多喜次の腕をむにむにと押し、ぱっと顔を上げた。

「多喜次くん、鍛えてます？」

「ちょ、ちょっとだけ」

頰を赤らめ多喜次が答える。身長も伸びて、力だってたぶん祐雨子より強くて、体もちゃんと鍛えていて――なんだかまるで、大人の男性といるみたいだった。

「あの、祐雨子さん」

無心に手触りを確認していたら、困り果てた多喜次に声をかけられた。われに返って手を放し、「でかした俺の上腕《じょうわん》二頭筋！」と、小さく聞こえてきた多喜次の声は聞こえないふりをした。バスが走り出し、祐雨子が再びよろめく。それをさりげなくささえた多喜次は、「危ないから」と祐雨子の耳元でささやいて、彼女の肩に手を添えた。

祐雨子は少しどぎまぎとする。

本当に、男の人といるみたいだ。ずっと子どもだと思っていて、身長が高くなっていることに気づいたのに、それでもまだ子どもだと疑いもせずにいたのに。

「あ、そろそろ到着だ」

ぎゅっと肩をすぼめていた祐雨子は、多喜次の声にはっとした。そっと肩から手が離れていくのを寂しく感じ、そんな自分に驚いて、祐雨子は少し呆然《ぼうぜん》とする。

先に歩き出した多喜次は、立ち尽くす祐雨子に気づいて手を出してきた。

「だ、大丈夫です」

――多喜次から以前、甘やかすなと抗議された。けれどもしかして、祐雨子のほうがずっと甘やかされているのかもしれない。

彼の存在は、自分にとってなんなんだろう。

「多喜次くん。あの、プロポーズのことなんですけど……」

「ス、ストップ！　ごめん、今は聞きたくない」

多喜次はそう言って祐雨子の手を引きバスを降りた。停留所で傘をさし、当惑する祐雨子から顔をそむけるように言葉を続ける。

「だって、今なら絶対お断りだってわかってるから。だから、もうちょっとあとで！　格好いいところ見せて、俺のこと好きになってからお願いします！」

「ずっと好きにならなかったらどうするんですか？」

「ど、努力します」

真っ赤になった多喜次が涙目で様子をうかがってくる。かわいらしい態度の彼が提案してくれたのは、逃げ腰な祐雨子にとってはとてもありがたいものだった。

問題なのは祐雨子自身の恋愛観である。

「私、手強《てごわ》いかもしれませんよ？」

「知ってる。でも俺、やっぱ祐雨子さんのこと好きだから」

まっすぐな好意というものは、人をどぎまぎとさせるらしい。話を切り上げるように「行こう」と誘われ、祐雨子はぎくしゃくと多喜次についていく。水たまりを見つけ、そっと祐雨子に注意をうながすところは紳士だと思う。寒さを覚えて肩をすぼめた祐雨子はきょろきょろと辺りを見回した。道沿いにある赤木家から二百メートル離れたところにあるコンビニは樹木のせいで張り込みには使えない。思わず立ち止まると、多喜次が閉店したたばこ屋へと祐雨子を手招いた。たばこ屋には赤いビニール製の雨よけがあった。

「ここだと通行人にはバス待ちっぽく見えるんだ」

けれど、バスの運転手からは死角になるという絶妙なポジションだ。雨よけの下にもぐり込んで傘を閉じると、ほっと安堵の息が漏れた。

「……車、借りられればよかったんだけどなあ」

「そうですね。でも、社用車は緊急時のために残しておかないといけなかったので」

祐雨子の言葉に多喜次はうなずき、手を伸ばすと祐雨子の首に自分のストールを巻いた。布地に残っていた熱がじんわりと祐雨子の肌に染み込む。

「俺、暑がりだから……ほら、あったかいだろ？」

驚く祐雨子の頬を多喜次の大きな手が包む。穏やかに染み込んでくる熱にうなずくと、顔を覗き込むように微笑まれ、そのあまりの近さにかあっと顔が熱くなった。

「あ、あったかいですね！」

しどろもどろに答えたら、多喜次の手がぱっと引いた。「ごめん」と、小さく聞こえて微妙な空気になる。空咳《からぜき》をした多喜次が、

「ちょっとごめん」

あらためてそう言って、さり気なく祐雨子の背後に回った。不思議に思っていると、すぐに冷たい風が遮《さえぎ》られていることに気づく。

――本当に、本当に、甘やかされている気がする。

当たり前のようにそばにいてくれた年下の男の子に。

それが嬉しいと感じる自分に気づき、祐雨子は戸惑う。それと同時に不謹慎だと思ってしまう。子どもの頃を知っているせいか、その想いがいっそう強いに違いない。

「なんかさ」

ぽつんと声がして、祐雨子は顔を上げた。

「成形の技術が上がってる気がしたんだけど。和菓子もどき」

「私もそう思います。割ったら中に餡みたいなものも入ってましたし」

そうなのだ。今回はただ練り固めただけではなく、餡に見立てて色をつけたものまで入っていた。色つけしただけだから素材は変わらないが、ちょっと笑えない状況だった。

「味も、前より甘さひかえめで和菓子っぽいし」

「多喜次くん、また食べたんですか？」

「少しだけ。大丈夫、体調悪くなるほど食べてないから」

付け足された言葉に祐雨子は安堵する。そんな祐雨子を見て多喜次はちょっと嬉しそうに笑い、視線が合うと慌てたように赤木家を見た。

赤木家はレースのカーテン越しに人が動く以外に変化はなく、辺りにも不審な人間はいなかった。しばらく見ていたがこれといって変化はない。そうするうちに、犬用のレインコートに身を包んだ大型犬が、少年を引きずるように歩いてきた。

「あ、関口さんのところの飛月くん！」

祐雨子の声に、ラブラドール・レトリバーがぶんぶんとしっぽをふり、飛月少年が透明傘をひょいと持ち上げ顔をしかめた。雨の日の装備なのか、青いレインコートの上から黒い合皮のリュックを背負う姿がかわいらしい。動くたびに聞こえるがさがさという音に、リードと一緒に握られた白いビニール袋に気づく。まさに犬の散歩スタイルだ。

「なにしてるんだよ、こんなところで」

飛月少年の態度はいつも通り刺々《とげとげ》しかった。

「――バス待ち」

多喜次が答えると、飛月少年はバス停を確認して納得する。そしてすぐに、祐雨子たちに駆け寄ろうとするラブラドール・レトリバーを必死で押さえた。

「こら、ビリー!!　待て！　待てったら！」

しがみつくようにして大型犬を引き留め、飛月少年は息を弾ませる。

「お散歩、大変そうですね」

「お母さん、雨の日の散歩は嫌がるんだよ。でもビリーは散歩に行きたがるから」

祐雨子が同情すると、飛月少年が不機嫌に答えた。

「この道はよく使うんですか？」

「俺の散歩コース」

「ここをよく通るんですね？　最近この辺りで変な人を見かけませんでしたか？」

「見かけた」

飛月少年は祐雨子たちを指さした。バスがやってきて、乗客を降ろして走り出す。それを見送った祐雨子はそっと飛月少年の顔をうかがい見た。不審者を見る眼差しだった。

「違います、私たちは不審者じゃありません」

「じゃあなにやってるんだよ」

「あ……雨宿りです」

どう答えても警戒心は解けそうにない。それでも言い訳するように祐雨子はそう答えた。

と、そのとき、いきなりリードをひっぱられ、飛月少年はよろよろと歩き出した。

「ビリー!?　待て！　待てって言ってるだろ!?」

飼い主より犬のほうがパワフルで、しっかりした足取りで脇道へ入っていく。

「祐雨子さん」

小さく名を呼ばれ、祐雨子は息を呑《の》む。犬がなにかに反応している——まさか、という思いとともに走り出した多喜次に続いて祐雨子も飛月少年のあとを追った。

太い声で犬がひと鳴きする。

「うわっ」

同時に男の声が聞こえた。脇道に飛び込んだ多喜次の背後からそろりと奥を覗き込んだ祐雨子は、アスファルトにできた水たまりに座り込む男を見た。

彼の近くで『つつじ和菓子本舗』のビニール袋が雨に打たれている。

「なにこの犬!? ちょ、舐《な》めるな! のしかかるなー!!」

ぶんぶんとしっぽをふるビリーは、座り込む男の腹を両前脚《まえあし》で押さえ、ざらつく舌でその顔を存分に堪能していた。

「こら、ビリー! やめろって! ビリー!!」

飛月少年がリードをひっぱるがびくともしない。

ふっと多喜次の顔つきが変わった。

焦る飛月少年を押しのけ、犬をどけようともがく男の前で仁王《におう》立ちになる。

「――そこでなにしてるんだ、柴倉」

冷ややかな顔で見おろしているのが声色《こわいろ》から伝わってくる。犬の口をわしづかみにした柴倉が、肩で息をしながら多喜次を見上げ、「げっ」と声をあげた。

「お前が犯人だったなんて」

「犯人って――ち、違う! 俺はただ、……え、えっと、その、二人のことが心配で、ちょっと差し入れがてら様子を見に来ただけ、というか」

「こっそりと、隠れるように？」

「ビリーは敏感だから、周りに誰かいるとすぐに反応するんだぞ！」

確認する多喜次に飛月少年が言葉を補足する。柴倉がちょっと涙目になった。さあさあと降り続く雨が静寂《せいじゃく》を運んでくる。

柴倉がゆっくりと口を開く。

言葉を発しようとしたそのとき。

「くしゅんっ」

むずむずとした鼻から息を吸い込んだら、緊迫感を吹き飛ばすようなくしゃみが出て、祐雨子は慌てて口元を押さえた。

「話はあと！」

多喜次はそう言って、振り返るなりすっかり冷え切ってしまった祐雨子の手を取った。


飛月少年と別れた三人は、コンビニでタオルを買ってからファミレスの一角に陣取った。

柴倉が奥の席、その隣が多喜次、向かいが祐雨子という、柴倉が犯人であることを前提とする席順だった。テーブルの中央には泥水を拭き取ったビニール袋が一つ。

蛍光オレンジのミニスカートに白いふりふりエプロンを合わせた強烈な個性のウエイトレスがホットコーヒーをそれぞれの前に置いたところで多喜次が口を開いた。

「で？」

一言で終わった。あとは柴倉がどう出るか待つだけ、とでも言いたげな顔だ。もともと吊り目がちな彼だが、いつも笑っているせいか、あるいは社交的な性格のせいか、それほど怖いという印象はない。けれど今は、不機嫌さが前面に出ていて、なんだかとてもしゃべりにくい空気だった。

沈黙が重い。祐雨子は困り顔で濡れた髪に触れる。

「——誤解だ」

柴倉はぽつんとそう吐き出した。

「だったらどうして隠れてたんだ？」

「それは……いろいろ、事情があって」

「説明もなく信じろって？　虫がよすぎるだろ。あ、祐雨子さんはコーヒー飲んでて」

柴倉に向けた厳しい態度がコロッと変わる。言われるままコーヒーカップに触れると、冷えた指先がじんわりと痺れた。

「事情って？」

多喜次の問いに柴倉はぐっと押し黙り、ちらりと祐雨子を見た。思案げな眼差しに祐雨子ははっと息を詰める。きっとよんどころない事情に違いない。険しい表情になる多喜次には気づかずに、柴倉と視線を交わしたあと祐雨子は考え込む。

一番に思い浮かんだのは愛らしい赤木美世の姿だ。『つつじ和菓子本舗』の文字入り紙袋に入った和菓子もどきは〝食材〟で作られていて、少しずつスキルアップしていて、そして、あの美少女のハートをがっちり摑んでいた。

つまり、これは。

「柴倉くん、ロリコンさんですね⁉」

祐雨子の高い声に店内がざわついた。テーブルを片づける店員の手が止まり、会話を楽しむ人たちが振り向く。柴倉は隣席の多喜次が仰天するのを見てさっと青くなった。

「ち、ちちちちち、違うから！　俺ちゃんと和菓子作れる！」

「努力のあとを見せて好印象を狙ってるんです！　策士です！」

「待って、ホント違うから！」

「無口だった柴倉くんが急に愛想よくなったのも不思議だったんです。周りにいい人アピールしてたんですね。でもだめですよ、生の小麦粉は」

祐雨子が怒ると柴倉は涙目になった。肩をすぼめてうつむき、観念したように口を開く。

「だから、それは……下手にしゃべると、よけいなことまで口にしそうで。だけどずっと黙ってるのも、それはそれで苦痛で」

「よけいなことってなんだよ？」

押し黙っていた多喜次が問うと、柴倉は再び口を閉じてしまった。祐雨子は多喜次と柴倉を交互に見て、次いでテーブルの中央に置かれたビニール袋を見た。今度はどんなものを作ってきたのかと中を覗く。

「……え……？」

店頭に並んでいる和菓子だった。転んだ際に少し形が崩れてしまったが、今までのものとは違う――祐《プロ》による繊細な和菓子。素人然とした和菓子を届け続けたのに、いきなりこれを渡したのでは好印象より疑問を抱かれてしまうだろう。

戸惑う祐雨子の耳に、携帯電話の着信音が響く。

カバンから携帯電話を取り出すと祐からだ。慌てて耳にあてる。

『なにやってるんだ、お前は！』

いきなり怒鳴られた。

『鷹橋さんから電話があったぞ！　またあの和菓子が届いたって！』

今度はカエルをかたどっていたらしい。今回届いたものも含め、すべて美世の好みのものので危うく食べるところだったと伝えられ、祐雨子は唖然《あぜん》としながら通話を切った。声が聞こえたのか多喜次の顔が引きつっている。柴倉は誤解が解けたと安堵の表情だ。

「――まさか柴倉くん、早朝に仕込んだんですか⁉」

「ちょ、ちょっと待って！　なんで祐雨子さんの中で俺犯人確定なの⁉」

「いくら鷹橋さんのお孫さんがかわいいからって、小学生をターゲットにするなんて！」

怒る祐雨子と真っ青になる柴倉のあいだに多喜次が割って入った。

「祐雨子さん、落ち着いて。夜中に作業してたら俺が気づくし、早朝ならおやっさんにバレる。それに柴倉は朝が弱いからそういうのは無理だよ。隠れてたのは確かに怪しいけど、見張りがいるの知ってて持ってくるなんて、そもそもリスクが高すぎる」

「……確かにそうですね」

犯人なら避ける状況に違いない。祐雨子が納得すると、無事に誤解が解けた柴倉が、ぐったりとテーブルに突っ伏した。

祐雨子は多喜次とともに黙考する。

美少女が好む形に和菓子を作り、送り続けている人物が別にいる。それは、和菓子の材料がなんであるかという知識がなく、けれど、店の袋は手に入るという微妙な立場の人間。

なおかつ、往来の多い赤木家で、誰にも見つからずに郵便受けに和菓子もどきを入れることができ、平日の夕方、あるいは土日が自由に動ける、一定のリズムで生活している人間。

「「あっ」」

祐雨子は多喜次と顔を見合わせて叫んだ。

4

昼過ぎに、彼は店にやってきた。

正確に言えば、常連さんのツテで、店の名前を使って呼び出したのである。

彼は自分が呼ばれた意味がわからず、とても困惑していた。

祐雨子はそっと彼を手招いて、店の奥、調理場へと案内した。彼ははじめて見る調理場に驚いたように立ち止まり、きょろきょろと辺りを見回し、すぐに『つつじ和菓子本舗』の面々にじっと見つめられていることに気づいて顔をしかめた。

その表情に怯《おび》えの色は微塵《みじん》もない。

それどころか、なぜここに連れてこられたのかと怒っているようでもあった。

「赤木美世ちゃんのお家《うち》に、和菓子が届けられていたそうです。はじめは雫、次はカタツムリ、傘、カエル」

祐雨子が告げると、彼の肩がわずかに揺れた。

「全部彼女が好きなものばかりでした」

祐雨子は両生類系――とくにカエルは苦手な部類だ。だが、世の中にはいろいろな趣味の人がいて、その中にはカエルグッズを熱心に集める女の子もいるらしい。美世もそんな女の子の一人だった。

「美世ちゃんは雨が嫌いで、梅雨時にはいつも憂鬱にしている。――そんな彼女のために、彼女が好きなものを作って届けていたんですね？」

直接は渡せなかったから、こっそりと郵便受けに忍ばせた。彼の飼っている犬はとても敏感で、その犬が周りに人がいないことを教えてくれた。だから目撃者も出なかった。

「関口飛月くん」

祐雨子の指摘に、真っ赤になって拳《こぶし》を震わせ、少年は首を横にふった。

「おれじゃねーし！」

力いっぱい否定してきびすを返す。逃げようとする小さな体を素早く止めたのは、犯人と疑われて冷や汗をかいていた柴倉だった。飛月少年がひるんだ。

「……ラブラドール・レトリバー連れてよく店に来てたのって、お前の母親なんだな」

ぽつんと多喜次がつぶやいた。そう言われてみると、溌剌としたところが似ている気がする。飛月少年の顔がとたんにこわばった。

「だ、だったらなんだよ⁉」

「常連だもんな。そりゃ、店の袋くらい持ってるよな」

うなずいた多喜次は、攻撃的な眼差しで睨んでくる飛月少年の前にひょいとしゃがんだ。

「ごまかすなよ。別に、恥ずかしがることじゃないだろ。誰かを喜ばせるために一生懸命になるってことはさ」

身を乗り出すようにして手を伸ばし、ぽんぽんと飛月少年の頭を撫でる。

「そういうのは、格好いいって言うんだよ」

多喜次の言葉に弾かれたように飛月少年は顔を上げ、わずかに口を開け、また噛みしめる。細く息をついた彼は、かすれる声で「喜ばせようと思って」と告げた。

「お母さんが、料理できる男はモテるって、言ってたし」

ぼそぼそと声が続く。ラブラドール・レトリバーのママさんが柴倉を絶賛していたのを思い出した。あの調子で家でもしゃべっていたのだろうと、祐雨子も納得する。

ぶっきらぼうな男の子が、好きな女の子のためにお菓子を作る――その姿を想像すると微笑ましい。だが、いきなり郵便受けに入れるのはよろしくない。あらぬ誤解を招いたうえ、大騒動になるところだった。実際に問題になってしまっていた。

「小麦粉は加熱調理することが前提です。生で食べるとお腹を壊すこともあるんですよ」

祐雨子の言葉に飛月少年が真っ青になる。案の定、なにも知らなかったらしい。今回は被害がなかったことを伝えると安堵に胸を撫で下ろし、そしてそのあと、ひどく落ち込み暗い表情になった。

大好きな女の子を傷つけるところだったのだ。

「だったら、ちゃんとしたものを渡せばいいんじゃないか?」

よっと立ち上がった多喜次が祐を振り仰ぐ。

「おやっさん、作業台少し借りていいですか?」

「……まあ、構わんが」

「ありがとうございます。柴倉、手伝え」

お手本みたいな九十度のお辞儀をし、多喜次はくるりと体の向きを変えて柴倉を見た。

「……なんで俺が」

不満げな柴倉に多喜次は一瞬言葉に詰まる。悔しそうな、それを必死で自分の中に押し込めようとするかのような、険しい表情。

ああ、と、祐雨子は思う。彼は今の自分を恥じている。なにもできない自分を。

「調理場にも立てない俺が、教えられることなんてなにもないだろ」

絞り出した声は少し震えていた。そんな多喜次の背中を、祐が平手で強く打った。

「ったりめえだ。俺が何年修業してあの場所に立ってると思ってる。第一、下ごしらえは料理の肝《きも》だ。おざなりにできない大切な仕事だ。それを忘れるな。――お前には期待してるんだ。全部吸収して自分のものにしてけ」

「は……はい！」

大きく見開かれた多喜次の目にぐっと力が入る。少しずつ、でも確実に、彼は前に進んでいく。そんな姿を近くで見守れるのは、とても幸せなことだと思う。

「柴倉、手伝ってやれ」

鶴の一声ならぬ祐の一声で、渋る柴倉が飛月少年の指導係に選ばれた。のれんの向こう、引き戸が開く音がして、祐雨子はお客様を出迎えるためそっと調理場から出る。

少年のひたむきな想いが少女に伝わることを願って店に立つ。

そして、いつもと少しだけ違う日曜日の午後が静かに過ぎていった。


「……え、ふられたんですか⁉」

飛月少年は、七色の練り切りで虹を表現した和菓子を、謝罪とともに赤木家に届けた。それはとてもカラフルでかわいらしく、和菓子らしくはなかったけれど、誰もが感心するほどいい出来映えだった。受け取った美世は驚き、一言こう言ったらしい。

——私よりお料理の上手な男の子は嫌い、と。

「お……乙女心は複雑ですね……」

相手は小学生。大人になれば料理はもちろん、洗濯や掃除もこなしてしまう男子がモテるが、これからいろいろ学んでいこうとする乙女にとって、それらスキルは自尊心を傷つけるだけのものだったらしい。多感な学生時分に、自分より女子力の高い男子がそばにいたら、確かにいろいろへコみそうではあるけれど。

「ま、まあ、長い目で見れば、絶対にモテ要素だから」

多喜次が引きつり顔でフォローし、柴倉はわれ関せずと和菓子の補充に専念している。そして飛月少年は、ショーケースの裏側、丸椅子に腰かけて項垂れていた。

「和菓子なんて」

肩をすぼめた飛月少年は、小さくうめいて勢いよく立ち上がる。

「和菓子なんて、大っ嫌いだああああああ!!」

叫ぶなり、彼は店を飛び出した。

「ああ！　未来の大口顧客様候補が……‼」

慌てて祐雨子があとを追ったが、飛月少年はものすごいスピードで走り去り、あっという間に人込みにまぎれて見えなくなってしまった。夕闇《ゆうやみ》が広がる中、呆気にとられて立ち尽くす祐雨子の肩を多喜次が慰めるようにポンと叩く。

「いつかは好きになるかも、ですよね？」

気を取り直して祐雨子が尋ねると、多喜次は顔を赤らめ「ううっ」と奇妙な声をあげる。

「な、なってくれたら、嬉しいです」

「……どうして多喜次くんが照れるんですか？」

「なんでもないですー‼」

首をかしげる祐雨子をその場に残し、多喜次は店に駆け戻る。そのあまりにみごとな逃げ足に、祐雨子はきょとんと目を瞬いた。

春に芽吹いた想いが花開くのは、もう少し先の話。

終章
鍵屋さんの、お隣さん。

「あ、あった、よかったー。ここって鍵屋さんと同じ外観なんだね」

「ちょっと迷っちゃったね」

女性客が二人、きゃっきゃと入店する。

「こっちで買って、鍵屋さんで食べられるんだって！」

――なぜかやはり、鍵屋が主体の会話である気がする。確かに多喜次《たきじ》が言っていた通り、ゆゆしき事態なのかもしれない。

和菓子を二つ、お茶券を一枚ずつそれぞれに購入し、彼女たちは店を出ていった。

「……なぜ鍵屋さんが目印になってるんでしょうか」

「空き巣被害があったからじゃないの？」

独り言に返事がくるとは思わず、祐雨子《ゆうこ》は驚いて振り返る。柴倉《しばくら》がのれんをくぐって店内に入ってきた。

「うちの近く、それで一時期騒然としてて、鍵屋が防犯対策グッズ売り込んでたから」

だから鍵屋が広く認識されて、まず先に鍵屋が話題にのぼることになっていたらしい。忙しそうに出歩く鍵師《かぎし》の地道な売り込みの成果と言えるだろう。

「うちにも名刺があって、それ見た父親が、『お前ここの隣で働け』って言い出して……」

言葉を遮《さえぎ》るように、のれんの奥からぬっと伸びてきた手が柴倉の肩を掴《つか》んだ。「ひっ」

と声をあげて柴倉が振り返る。多喜次がものすごい形相で柴倉を見つめていた。

「お前、母子家庭じゃなかったのかよ⁉」

「母子家庭だけど」

「なんで父親がいるんだよ⁉　そのネックレス、亡き父が息子の就職祝い用に買っておいたとかいう感動秘話じゃないのかよ⁉」

多喜次の腕ががっちりと柴倉の首に回された。

「か、勝手に殺すな。ちゃんと生きてる。放せよ、馬鹿《ばか》力……っ」

「上腕《じょうわん》二頭筋」

「筋肉の紹介なんて訊《き》いてないから！」

ぎりっと多喜次が柴倉の首を締め上げる。オロオロする祐雨子に「ちょっと待って」と、目で合図をしながら、多喜次は柴倉を見た。

「と、父さんが、母さんが産婦人科に入院中、息子に勝手に豆助《まめすけ》ってつけたからだよ！和菓子バカに呆《あき》れて、揉《も》めに揉めて離婚したんだって！」

柴倉の顔が赤くなる。

「――豆助？」

「そうだよ！　なのに、隙《すき》見て俺を拉致《らち》って和菓子の技術叩き込むから、母さんますますブチ切れて！　俺だって和菓子職人になるつもりなかったけど、結局和菓子屋で働いて、母さんもう手がつけられなくて……って、いい加減に放せ！　苦しい‼」

　叫ぶように言われて、多喜次ははっとしたように柴倉を解放した。ゴホゴホと咳《せ》き込む柴倉の背を、祐雨子が慌ててさする。

「大丈夫ですか？」

　なんとか呼吸を整える柴倉を呆然《ぼうぜん》と見ていた多喜次は、やがて合点がいったというように手を叩いた。

「お前、『虎屋《とらや》』の息子だろ？」

「な……っ」

　なんでわかったんだと、柴倉の顔が驚きに歪《ゆが》む。

「それならいろいろ辻褄《つじつま》が合う。柴倉の顔に見覚えある気がしたこととか、『虎屋』の和菓子見たときの微妙な反応とか、虎屋さんの跡取りのこととか。……虎屋さんに睨《にら》まれたの、あれって純粋に警戒されてたんだな」

　納得した多喜次は、一つ息をついた。

「名前は、災難だよな。俺も一時期名前のことで悩んでたから、そういうのちょっとわかる。豆嫌いにもなるよなあ」

同情気味の多喜次の言葉に、柴倉は心底驚いたという顔をした。

「──からかったりは……」

「しないって。子どもじゃあるまいし」

「……そ、そうだよな。普通はしないよな」

ぴりぴりとした空気が、ふっとやわらぐ。

「なのに会社の先輩ときたら、豆柴《まめしば》だ豆柴だって、人のことさんざんコケにしたんだよ。だからムカついて、営業出たその日に、契約二件もぎ取ってやったんだ。ざまーみろ」

「なんだ、運よく契約取れたんじゃなくて正攻法な反撃だったのかよ」

ぱあっと多喜次の顔が輝いた。

「格好いいな！」

「格好いいだろ！」

多喜次の賛辞に柴倉が胸を張る。男の子が二人、仲良く笑っている。案外といいコンビになるかもしれない。そんなことを思った祐雨子の脳裏に浮かんだのは豆柴の姿だった。くりくりの瞳に愛嬌《あいきょう》たっぷりな表情。ぷりぷりのお尻によちよちと歩き回る姿を思い浮かべたら、なんだかもう、いてもたってもいられなくなった。

「豆柴ちゃん、かわいいですよね。きっと先輩は嫉妬《しっと》しちゃったんですね」

頬《ほお》を押さえてくねくねしていたら、「いや、かわいいのは祐雨子さんのほうじゃない？」と、思いがけない言葉が柴倉から聞こえてきた。

「和菓子屋で着物ってだけでポイント高いし」

「こらちょっと待て、柴倉」

「そもそも俺、『虎屋』が経営不振で潰《つぶ》れるんなら、『つつじ和菓子本舗』の看板娘と結婚して、のれん変わってもいいから店の味を守っていけって父親に言われてたし」

「ちょ、ちょ、ちょっと待って、ホント待って、柴倉くんなに言ってるの⁉」

柴倉の言葉に多喜次の声が裏返り、祐雨子がきょとんと動きを止めた。

「つつじ屋さんは息子がいるけど継ぐ気はないみたいだって父親が安心してたんだ。そしたらいきなり弟子《でし》とっただろ？　だから父親も焦って、早く息子をもぐり込ませなきゃって強引に押しつけたんだよ。俺しゃべるの好きだから、口滑らせてごたごたに巻き込まれたらヤバいと思って黙ってたんだけど、もー限界で。でもほら、お前が」

バイトに入ってしばらくやる気がなさそうだったのも、無愛想に振る舞っていたのも、みつ子《こ》の孫娘が和菓子もどきを食べて平気だったと聞いて舌打ちしたのも、父親とのことが原因だったらしい。祐雨子が悶々《もんもん》としていると、柴倉がまっすぐ多喜次を指さした。

「祐雨子さんのことが好きみたいだから、お前と祐雨子さんをくっつけたら父親もあきらめるかなって閃《ひらめ》いて、ちょっと煽《あお》ったり二人っきりにさせたりして様子見たんだけど」

――どうやら赤木《あかぎ》家の見張りの一件を言っているようだ。

「雨に濡《ぬ》れて震えてる祐雨子さん見たらやっぱかわいくて、俺が祐雨子さんと結婚して、この店継いでもいいかなって思い直した」

「勝手に思い直すんじゃねーよ！　『虎屋』の再興頑張れよ！」

前言撤回。

にっこり笑う柴倉と、顔を真っ赤にして抗議する多喜次を見て祐雨子は苦笑を漏らす。どこまで本気なのかわからないが、どうやらこの二人はライバルという関係らしい。

自分が話題の中心にいることも忘れて一人納得していると、恨めしそうに多喜次に睨まれた。それが少しかわいく見え、ちょっとだけドキドキした。

戸が開く。

はじめての来店らしいお客様が、緊張した面持《おもも》ちで店に入ってくる。

「いらっしゃいませ」

祐雨子が声をかける。

胸の奥、ふんわりと広がる夏の気配を受け止めながら、彼女は微笑《ほほえ》んだ。

出典・参考文献

全国和菓子協会　http://www.wagashi.or.jp/

『やさしく作れる　本格和菓子』著・清真知子（世界文化社）

『ときめく和菓子図鑑』文・高橋マキ　写真・内藤貞保（山と溪谷社）

『和菓子の基本』（枻出版社）

『図説　和菓子の歴史』著・青木直己（筑摩書房）

※この作品はフィクションです。実在の人物・団体・事件などにはいっさい関係ありません。

集英社オレンジ文庫をお買い上げいただき、ありがとうございます。
ご意見・ご感想をお待ちしております。

●あて先
〒101-8050　東京都千代田区一ツ橋2-5-10
集英社オレンジ文庫編集部 気付
梨沙先生

鍵屋の隣の和菓子屋さん

つつじ和菓子本舗のつれづれ

集英社
オレンジ文庫

2018年4月25日　第1刷発行

著　者　梨沙
発行者　北畠輝幸
発行所　株式会社集英社
〒101-8050東京都千代田区一ツ橋2-5-10
電話【編集部】03-3230-6352
【読者係】03-3230-6080
【販売部】03-3230-6393（書店専用）
印刷所　大日本印刷株式会社

※定価はカバーに表示してあります

ISBN 978-4-08-680187-4 C0193